星のパイロット

笹本祐一

宇宙への輸送を民間企業が担うようになった近未来――新人宇宙飛行士の羽山美紀は、難関で知られるスペース・スペシャリスト資格を持ちながらも、なかなかフライトの機会に恵まれずにいた。そんなとき、年齢経験性別不問という求人を出していたアメリカの零細航空宇宙会社スペース・プランニングに採用されることに。一癖ある個性豊かな仲間たちに迎え入れられ、美紀は静止軌道上の放送衛星スターバードの点検ミッションに挑む準備を進める。だが、彼女は誰にも言えない秘密を抱えていて……。著者の真骨頂たる傑作航空宇宙ＳＦシリーズ開幕！

星のパイロット

笹　本　祐　一

創元ＳＦ文庫

THE ASTRO PILOT #1

by

Yuichi Sasamoto

1997, 2012

目次

星のパイロット

※X－DAY＝打ち上げ予定日時

X－DAY　マイナス7

その機体は、西から飛んで来た。ハードレイクの管制塔と航空無線がつながると同時に、着陸許可を要請する。

「ハードレイク管制塔《コントロール》よりクインビー、――そちらのコードネームはクインビーでいいのか？」

ハードレイクを呼び出すコールで叩き起こされた当直のチャーリー・チャンは、仮眠をとっていた長椅子の毛布の中であくびを噛《か》み殺しながら、旧式な腕時計《ナビタイマー》を目の前に持ってきた。ワイヤレスのヘッドセットをのろのろと頭にはめる。

『クインビーよりハードレイク、こちらのコードネームはクインビー。現在方位九〇度（真東）に向けて三五〇ノット（時速約六五〇キロ）で進行中、着陸許可を求む』

「はい、はい、ちょっと待ってくださいよ、と」

毛布を跳ねのけて起き出したチャンは、四メートル四方ほどのあまり広くない管制塔の管制席に突進した。つけっぱなしのレーダースクリーンは、方位二七〇度――つまり真西から一直線にハードレイクに近づいてくる飛行物体を有効半径いっぱいで捉えていた。トランスポンダーでコードネームのイニシャル、現在速度と高度などもスクリーン上に表示されている。

他にも西海岸に向かう大陸横断の夜行便が二機ほどレーダーの有効範囲内《レンジ》に表示されているが、こちらは両方とも高度九〇〇〇メートル前後、コントロールの引き継ぎも管制の必要もない。

「ハードレイクよりクインビー、そちらの機影をレーダー上にて確認した。しかし……」

眠い目をこすって、チャンは管制塔のガラスの向こうを見上げた。かろうじて東の空がうっすらと紫色に変わり始めているが、西はまだまだ夜のままである。チャンは、前日の昼間に送られてきたはずのフライト・プランを探して、管制卓に散らばったプリントアウトの山をかき回した。

「もう少し遅いお着きの予定じゃなかったのか？　昨日もらったスケジュールだと、すっかり日が昇ってから……」

チャンは、山の底のほうから目的の飛行計画書を引っ張り出すことに成功した。ホノルル空港から電送されてきたお決まりのプリントアウトでは、クインビーの到着予定時刻はアメリカ西海岸現地時間で午前一一時になっている。

「昼前くらいに着くって聞いてたが、ええと……」

パイロットの記載欄を探す。

「マイク・ヘイヤマ？」

他にサブパイロットも、ナビゲーターの記載もない。ホノルルから一人で太平洋を飛び越えてきたらしい。

『ハヤマだ。ハワイを飛び出す前にスケジュールの変更は送ったはずだが』

無線で言われて、チャンは寝る前にチェックしたプリンターの吐き出し口に目をやった。新規到着分は、まだない。

「届いてない。向こうがサボったか、こっちで受け取りをミスしたか。まあいい。太平洋長《フェリー》距離飛行《フライト》一人旅とはご苦労さんだが、お着きはいつ頃になるんだ？　ええと……」

チャンは、クインビーの現在位置と進行速度から、ハードレイクへの到着時刻を暗算しようとした。それより早く、向こうからの返答が戻ってくる。

『到着予定時刻はグリニッジ標準時《GMT》で一二時三五分、そちらの現地時間で午前五時三五分』

チャンは、腕時計と、管制塔内の標準時計で現在時刻を確認した。到着予定時刻まで、まだ三〇分以上ある。

「オッケー、了解した。しかし、またなんでこんな早い時間に……」

チャンはレーダースクリーン上の機影を確認した。ハワイからひと飛びで来るのであれば、小型のプロペラ機ではないだろうが、ハードレイク管制塔のちゃちな出力のレーダーでは機種の確認まではできない。ただし、そう大きな機体でないのは距離と反応からわかる。

『ホノルルの駐機場《パーキング》の係官が、日付が変わると料金が二日分になるっていうんでね、そうなる前に飛び出してきた。こちらの計算では燃料がぎりぎりだ、最優先での着陸許可を請う』

また燃料節約のハードスケジュールでぶっ飛んできた流れ者かと思いながら、チャンはもう一度プリントアウトの山をかき回した。確か、今朝一番に成層圏に上がる空中発射母機が一機あったはずである。

『オービタルコマンドよりハードレイク管制塔《コントロール》、小僧っ子め、目え覚ましてるか』

管制塔に、別回線の呼び出しが入った。テキサスなまりのだみ声を聞いて、チャンは空中発射母機の発進予定時刻を思い出した。軌道上の目標との接近《ランデブー》の関係上、発射予定時間帯《ウインドウ》は五時一五分から三〇分間。

「コントロールよりオービタルコマンド、起きてますよ。空中発射母機《マザー・ボーン》の発射時刻は変更なしですか？」

『今のところ五時二五分予定だ。いつも通りずるずる遅れるかもしれんが、そこはまあ適当にやってくれ』

どうせまた発射予定時間帯《ウインドウ》ぎりぎりまで粘って、燃料を節約するつもりだろうなと考えながら、チャンは返事した。

「了解です。朝いちで飛んでくる長距離便がありますんで、それまでに上がってくれるとありがたいんですが」

『なあに、そんなに手間はとらせねえよ、空港のライト入れてくんな』

「了解しました」

管制席から立ったチャンは、滑走路灯をはじめとするライトのスイッチが並ぶ制御卓《コンソール》に手を伸ばした。慣れた手つきでスイッチの列を弾いていく。

乾湖《ドライレイク》の闇に沈んでいた空港設備に、次々に明かりが灯っていく。

メインだけで四千メートル、前後のエスケープゾーンまで含めれば五千メートルの主滑走路、それに斜めに重なる横風用の三千メートル滑走路、それぞれの前後に伸びる長い進入路灯、乾湖の巨大な平面に色とりどりの巨大な地上絵を点灯した誘導路灯が幾何紋様に描き出す。

管制塔から主滑走路を挟んだ反対側の駐機場《パーキング》には、巨大な貨物機や古いジェット旅客機、錆びかけた極超音速機や個人所有の骨董品のようなプロペラ機などが、雑然と並んでいる。駐機場のとなりには巨大なものからこぢんまりしたものまで、即製建築の格納庫や軍用の野戦パネル倉庫など、規格も体裁もばらばらの格納庫群が建っている。一番大きな格納庫はその入り口が大きく開かれ、その中の六発ジェットの巨鳥を浮かび上がらせていた。

すでに、飛行準備は整えているらしい。本体にはもう電源車も燃料輸送パイプも接続されておらず、現在でも重量物輸送機として使われるその機体の上には、太いブースター付きの小型機が載せられている。

「コントロールよりマザー・ボーン、誘導路、オール・クリアです」

チャンは、通信相手を格納庫の中で待機状態の巨人機に切り換えた。

「移動準備でき次第、〇七滑走路、離陸位置に移動してください」

滑走路は、一般に〇一から三六までの数字で呼ばれる。この数字は滑走路の数ではなく進入方位を表し、真北をゼロとして時計まわりに三六〇度の下一桁《しもひとけた》を省略して滑走路の端に書かれている。

つまり、滑走路のどちら側から進入するかによって、ひとつの滑走路がふたつの番号で呼ばれることになる。ハードレイク空港の〇七滑走路は、反対側から進入すれば二五滑走路になる。

『マザー・ボーン、了解した』

格納庫の中の巨大な六発機の首脚《ノーズギア》の前で、ヘッドライトを点灯した旧式なM1A1戦車が、ガスタービンエンジンのうなりを上げた。機体の上に背負い式《ピギーバック・ライド》に載せたブースターまで含めると四〇〇トンを超える重量級の機体を、戦車自身の自重と広大な接地面積のキャタピラが軽々と牽引する。

高翼に吊り下げられた高バイパス比ターボファンエンジンは、六基合わせて二〇〇トン以上の推力を絞り出す。この推力をもってすれば地上でも楽々と機体を動かすことができるが、格納庫内でそんな真似をすれば推力方向に置かれているがらくただけでなく、格納庫そのものまで吹き飛ばしてしまう。

したがって、高推力機の多いハードレイクではメインエンジンの始動は安全区域に限られていた。ささやかなプロペラ機でもない限り、格納庫内から自力で這い出ることはできない。

このため、ハードレイクでは各種の牽引車が使われている。オービタルコマンド社では、社長の趣味でコレクションされている戦車をはじめとする戦闘車両が大型機の牽引に使われていた。これは、他の会社に貸し出されて他の用途に使われることもある。

「あの調子だと滑走路の端まで持ってくつもりだな」

舗装路／未舗装路兼用のゴム張りのキャタピラだから、自重六〇トンの戦車が走り回っても、そう簡単にはコンクリートは傷まない。普通なら誘導路に出たところで牽引車を切り離し、自前のエンジンの推力で自力滑走に切り換える。しかし、ほとんど路上に飛行機のいない空《す》いている時間帯であるのをいいことに、エンジン始動まで滑走路に着いてから行うつもりらしい。

「燃料節約もいいけど、M1戦車のほうの燃費はどうなってるのかね」

厳密な管理を必要とする航空燃料と違い、同じガスタービンエンジンでもM1戦車はガソリン、軽油、灯油といった様々な燃料を使える。チャンの記憶では、オービタルコマンド社の戦車は航空機と同じ航空燃料、JP－4を使い回しているはずだった。

チャンは、無線回線を着陸誘導に切り換えた。

「ハードレイク管制塔《コントロール》よりクインビー、聞こえているかどうぞ」

管制卓に戻ると、レーダースクリーン上の輝点は巡航スピードのまま順調に接近している。

『クインビーよりハードレイク、通信状態は良好だ』

声にかすかにノイズが混じっているような気がする。どうせ調子の悪い中古の無線機を騙《だま》しながら使っているんだろうなあと考えて、チャンは交信を続けた。

「現在、主滑走路に離陸待ちのでかぶつがいる。スケジュール通りに上がってくれればそちらの希望通りに着陸を許可できるが、もしもたついた場合、上空待機してもらうことになるかもしれない。燃料の余裕を知らせよ」

応答が返ってくるまでに、息を吸い込むだけの間があいた。

『現状で燃料はあと一五分！ 予備タンクまで使い切っても、それ以上は飛べない。今だって最経済速度で風に乗って距離を稼いでるんだ、最優先で着陸許可をくれ』

「そうしたいのは、やまやまなんだけどな……」

チャンは、誘導路の移動途中でやっと航法灯や翼端灯、大光量の着陸灯などの点灯を開始した六発機に目をやった。今頃になって補助動力装置《APU》を始動させたらしい。

クインビーが要請してきた着陸予定時刻は、オービタルコマンド社の空中発射母機の離陸可能時間帯にもろに重なっている。そして、航空燃料をぎりぎりまで節約するために時間いっぱい粘るのが、オービタルコマンド社の空中発射母機のいつもの離陸パターンだった。

「ああ、ほんとに燃料が危ないんなら、となりのエマーソンあたりの空港ならすぐに降りられると思うが」

ハードレイク周辺なら、滑走路には不自由しない。

『はるばる太平洋を渡って来たのは、ハードレイクに用事があるからだ。そういう二度手間は願い下げたい』

「まあ、どんぴしゃりのタイミングで離陸と着陸が重なることはないとは思うが……」

チャンは、誘導路を悠然と移動していく巨人機を見やった。全長も全幅も八〇メートルを超える巨体である。短距離離着陸機《STOL》仕様の小型機なら、その機体全長ほどの滑走距離も必要とせずに離陸する機体も珍しくない。

「こっちは超重量級が静止状態《スタンディング》からのスタートだから、並みの離陸よりは時間食うんだよな」

レーダースクリーン上に目を戻したチャンは、接近してくるクインビーと滑走路上のマザー・ボーンが同時に離着陸する確率を計算しようとした。問題は、マザー・ボーンの離陸時間が確定できないことである。

「そっちの着陸は有視界《VFR》か、それとも計器連動の自動着陸か?」

『そちらの視程がよければ、有視界で着陸したい』

「視程は……」

レーダースクリーンから顔を上げたチャンは、東の空を見上げた。紫からほの赤く染められた東の山脈の形がはっきり見える。

「ほぼ無限大。着陸進入路《グライド・スロープ》の誘導《ガイド》ビーコンを発振させておく」

太平洋を一人で飛び越えてくるようなパイロットなら、スイッチひとつで最終進入からタッチダウンまでしてしまう自動着陸装置の必要はあるまい。気象レーダーでも不穏な低気圧や積乱雲は空港の近辺には確認できないから、離着陸の支障になりそうなものはない。

とすると、問題は離陸待ちの空中発射母機の離陸時間だけ、と考えて、チャンはマザー・ボーンに呼びかけた。Ｍ１戦車に牽引されて二五滑走路の端に着いたマザー・ボーンは、まだメインエンジンの始動すら開始していない。

「コントロールよりマザー・ボーン、ガス欠寸前の機体が着陸を要請してきている、できれば早いとこ飛んでってくれ」

『マザー・ボーン、了解。ただいまよりエンジンを始動する』

牽引を解いたＭ１戦車が、空中発射母機の機首から離れていく。両翼下に三基ずつ吊り下げられた大推力の高バイパス比ジェットエンジンが、左側の第一エンジンより順に始動を開始する。

「残りの飛行前《プリフライト》チェックとエンジンの暖機にあと一〇分てところか」

オービタルコマンド社が空中発射母機に使っているのは、アントノフＡｎ２２５ムリヤ。

原形となったＡｎ１２５の初飛行からでも、もう半世紀以上も経つ古い機体である。

必要以上の頑丈さで定評のあるロシア製の機体だが、航空電子装備《アビオニクス》とエンジンは旧式のまま済ませるわけにもいかず、順次更新されている。エンジンは最大推力四〇トン以上のロールスロイス製、ボーイング７４７－８やエアバスＡ３８０用に開発されたエンジンだから、こちらも実用化されて二〇年以上経つ。

始動と同時に全開運転したり極低温液体水素燃料を吹き込んでもびくともしない最近の民間用ジェットエンジンほど出来がいいわけではないから、離陸前には規定通りの暖機運転をきっちりこなす必要がある。

飛行機本体だけでなく、背中に背負ったロケットブースターの飛行前《プリフライト》チェックは、すでに格納庫の中にいるうちから開始されているはずである。しかし、例によって必要最低限の乗組員しか乗り込んでいないだろうから、離陸直前までかかるに違いない。

「すんなり飛んでってもらっても、クインビーの着陸にかかるな。どっちかが、うまくずれてくれると助かるんだが」

チャンは、レーダースクリーンの中で経済巡航速度を保ったまま降下してくるクインビーの機影を見た。燃料ぎりぎりというのがどこまで信用できる言い訳かわからないが、こちらの飛行予定時間が大きくずれることはなさそうである。

「コントロールよりマザー・ボーン、滑走路《ランウェイ》〇七オールクリアー。離陸を許可します」

管制塔の標準世界時計で正確な現在時間を確認して、チャンは滑走路上のマザー・ボーンに離陸許可を出した。

ハードレイクを使っている会社の中では最大手のオービタルコマンド社のことだから、いくら早く離陸許可を出しても、悠然と滑走路上に居座るだろう。チャンは、ハードレイクに向かって降下を開始したクインビーのレーダースクリーン上の機影を見た。場合によっては、長距離を飛んできた機体に上空待機を指令しなければならないかもしれない。

「強情そうなパイロットだったからなあ」

チャンは、管制塔備え付けの電子双眼鏡を手にとってスイッチを入れた。手振れ防止のスタビライザー付き、方位と対象物の測距機能もついている可変倍率双眼鏡を、クインビーが接近してくる空に向ける。

星と夜の雲を背景にして、首脚《ノーズギア》の着陸灯《ランディングライト》を煌々《こうこう》と点灯した小型機がゆっくり飛んでいる。

「素直に指示に従ってくれるかどうか」

一般にパイロットは、他の機体のために自機の順番を譲ることを嫌う。機体に故障や問題を抱えていたり、そのためにスムーズな運行が妨げられたりする場合はなおさらである。

双眼鏡に組み込まれた距離計でおおざっぱな距離を確認したチャンは、視界を滑走路上の空中発射母機に戻した。

「タッチダウンまで、あと五分てところか」

時計を見たチャンは、それが最初にクインビーが申告してきた時間とほとんどずれてないことに気がついた。

「コントロールよりマザー・ボーン」

双眼鏡片手のまま、チャンは軌道母機に呼びかけた。

「ガス欠機が接近している。離陸を急いでくれ」

『あいよ。もうすぐ動き出すぜ』

これだけ接近してきていれば、マザー・ボーンの機載レーダーでも、着陸経路上の機体は捉えられているはずである。中古の六発エンジン機ともなれば、一基や二基の不調エンジンの始動に手間取ることもあるから、滑走路上から動き出さない可能性も高い。

いざと言う時は離陸許可に待機《ホールド》をかけて、先にクインビーを降ろしてしまうかと考えて、チャンはレーダースクリーンに目を戻した。

「コントロールよりクインビー、滑走路上で空中発射母機が離陸待機している。離陸のタイミングがそちらの着陸とかち合う可能性があるが、そちらの着陸予定時間はどうやってもずらせないのか」

『飛行可能時間はあと三分』

スクリーン上のクインビーは、飛行経路を変える気配すら見えない。目を上げれば、星空の中にゆらゆら揺れている着陸灯のライトが確認できる。

『着陸中止《アボート》の余裕はない。いざとなれば滑走路に並行している誘導路にでも降ろさせてもらう』

「好き勝手言ってくれるぜ」

『何か？』

「いや。誘導路は滑走路の両側に並行しているが、左側のは真ん中で途切れているから、降りるなら右にしろ。……大丈夫かよ」

『大丈夫、こっちは身が軽い。接地《タッチダウン》寸前まで滑走路に降りてって、寸前でスライドさせるくらいのことはできるさ』

「そりゃよかった」

チャンは気のない返事をした。着陸寸前の危険な状態でアクロバットができると言うようなやつとは、あまり親しくしたくない。それが一度も降りたことのない空港でなら、なおさらである。

『マザー・ボーンよりコントロール、ただいまより離陸する』

滑走路上の巨人機から連絡が入った。六発の巨大なターボファンエンジンがうなりを上げて、大推力を絞り出す。

「了解、至急飛んでってくれ」

チャンは、離陸管制の周波数を素早く着陸管制に切り換えた。

「コントロールよりクインビー、着陸は許可できない。たった今、滑走路上のでかぶつが離陸態勢に入った」

『クインビーよりコントロール、もう燃料がない。着陸中止《アボート》は不可能、勝手に降ろさせてもらう』

「ちょっと待てえ！」

チャンは思わず管制塔の外に目をやった。分厚い防爆・耐衝撃ガラスを通してさえ大推力ターボファンのうなりが聞こえてくるが、軌道ブースターを背負った巨人機は滑走路上を呆れるほどのろのろとしか加速しない。着陸進入路上には、首脚《ノーズギア》の着陸灯でその存在を主張する小型機が、かなりの高速で最終進入《ファイナルアプローチ》に入っている。

「駄目だっていってんのに、あのヤロー！」

チャンは非常サイレンの透明カバーを弾《はじ》き上げて中のボタンを押すと同時に、離陸管制の周波数に叫んだ。

「コントロールよりマザー・ボーン、後ろから無謀運転の小型機が接近している、気をつけろ！」

目測ではまだ空中発射母機は動き出したばかり、逆噴射とブレーキで簡単に離陸を中止できるはずだった。

『悪いなコントロール、今回の仕事は上客でな』

離陸操作で忙しいはずのマザー・ボーンの操縦室から、予想外にのんびりした声が返って来た。

『V1（離陸決定速度）超したら、なにがあっても停まるなってのが社長の厳命なんだ。それに追突なら、過失責任は向こうにある』

「V1超えた!? 嘘つけ！」

空港全域に緊急事態を告げる非常サイレンの音が鳴り響いている。六基のターボファンのエンジン音だけでなく、進入してくる小型機の甲高いタービンの金属音まで聞こえてくるような気がして、チャンは無線に叫んだ。

「速度差が大きすぎるぞ！　後ろからブースターに追突でもされたらどうなるか……」

『向こうは小型機なんだろ。自殺志願でもない限りよけるだろうさ。それに優先権はこっちにあるぜ』

「そういう問題か、こら！」

機体重量に加えて、離陸のための航空燃料、そして軌道ブースターまで背負っているから、空中発射母機の速度はじわじわしか上がらない。通常の離陸でも滑走路の大半を使って、やっと重そうに上昇していくのが普通である。

そんな速度差をわかっているのかいないのか、滑走路上に進入してきた小型機は、のろのろと滑走していく空中発射母機の後ろにみるみる接近していく。

「だから速度差が大きすぎるって言ってんだろが！　上昇かけてやり直せ！」

どうやら旧式とはいえ戦闘機らしいから、その程度の機動性はあるだろう。しかし、クインビーは管制官の命令をあっさり拒否した。

『燃料がもうない！　五分も前から空《エンプティー》ランプが点きっぱなしなんだ』

「予備燃料まで使いきってきたってのか、このど素人が！」

規定で、飛行機は非常時のためにかならず予備の燃料を持ったまま着陸できるだけの飛行計画で飛ぶことになっている。

「連邦航空局《FAA》に密告《ちく》って免許停止させるぞ、こらあ⁉」

クリップドデルタ翼の小型機が、どんどん空中発射母機との距離を詰めていく。機首をいっぱいに上げて可能な限りの低速進入をしているらしいが、それでもなお速度差が大きすぎる。

「やめんか！　自殺なら他でやれ！」

管制塔からまた航空事故を目撃する破目《はめ》になるのかとチャンが覚悟を決めると同時に、空中発射母機の後方に異常接近した機首上げ姿勢のクインビーが、まるで煽《あお》られたような不自然な減速をした。

「……ムリヤのジェット後流か⁉」

離陸しようとする機体の後方には、ジェット噴射による激しい後ろ向きの風が吹くことになる。戦闘機などによる編隊を組んだままの離陸では、燃焼ガスが大部分のこの後流に機首を突っ込むと乱流で機体姿勢が保てなくなるから、そこに入ることはタブーである。しかし、クインビーは自らそこに飛び込んでジェット噴射を浴びることで機体抵抗を増やし、空中でのブレーキにしたらしい。

確かに、目に見えてクインビーの速度は落ちた。しかし、滑走路上でまだ着地もしていない機体は、依然、目の前を滑走する巨人機に吸い込まれるように接近していく。

「ぶつかるな、これは……」

呟《つぶや》いたチャンの目の前で、二枚垂直尾翼のクインビーは信じられない機動をした。それまでもかなりの仰角で機首を上げた飛行姿勢をとっていた小柄な機体が、まるでまともな飛行を放棄したように、大きく機首を放り上げたのである。

「なに……?」

進行方向に向かってほとんど腹から飛ぶような形になったクインビーは、抵抗が急激に増大したために見えない巨人の手で引かれたように減速した。

ほんの二~三秒、機首が真上を向いたまま直立した飛行姿勢を制御して保ったクインビーは、機尾から着陸急減速のための減速用パラシュート《ドラッグシュート》を放った。

空気抵抗を急激に増加させるパラシュートに引っ張られる形で、クインビーはがっくりと機首を落とした。急激に減速された機速はジェット後流の激しい対気速度の中で微妙な揚力と重力のバランスを保ち、対地効果のクッションで滑らかに機体を受け止めながら、クインビーはふんわりとそのタイヤを着地させた。

「コブラだ……」

かつて、ロシアの名テストパイロットが空力特性の良好な試作戦闘機を得て初めてやってのけた技は、その名をとってプガチョフ・コブラと呼ばれていた。直線飛行中の機体の機首を、突然垂直、あるいはそれ以上——後ろ向きにまで——引き起こす。飛行経路は直線のまま、再び機首を進行方向に戻して飛び続ける。

当時はそんな技ができる量産型戦闘機はその一機種しかなく、洗練の度合を高めたその改良型はさらに多彩な技を持ち、当時新機種を開発中だった他のメーカーをパニックに陥れたと言う。

今でこそデジタル飛行制御のフライ・バイ・ワイヤー、CCV、推力変更ノズルを装備した大推力アクロバット機が珍しくないから、大抵の航空ショーで見ることができる技である。しかし、これほどの低空で、しかも着陸寸前に急減速のためにコブラを使うのを見たことはない。

「それも外装《エクスターナル》タンク五本も抱えたまんまで……」

とくに軍用機の場合、空力学的に可能な限り洗練されているはずの飛行機の性能は、機体の外部に装備するものによって大きく変化する。長距離飛行のために太い燃料タンクを胴体下に三本、翼下にも左右一本ずつ吊り下げていては、何も装備していないクリーンな状態と比べて、その飛行性能は大きく低下する。

機首がつんのめるほどのブレーキをかけて、滑走路上にクインビーが停止した。その先でやっと速度を上げてきた空中発射母機が、ゆっくりと機首を上げて離陸姿勢をとる。その時になって、チャンはやっとクインビーが二世代も前の、しかし、れっきとしたジェット戦闘攻撃機であることに気がついた。

「F-18ホーネット……いったいどんな奴が乗ってやがるんだ」

『クインビーよりコントロール』

パイロットは管制塔を呼んだ。

『着陸完了。的確な誘導に感謝する』

「やかましい！　とっとと適当な駐機位置《スポット》にそのぽんこつぶち込んで、こっちに来い。好きなだけ始末書かかせてやる！」

『そうしたいのは、やまやまなんだが……』

空中発射母機の名残のジェット気流にドラッグシュートをたなびかせながら、主滑走路のほぼ真ん中に止まったままの双発小型戦闘機は動こうとしない。

『完全に燃料がなくなった。これ以上は、もう一メートルだって自力で動けない。すまないが牽引車を出してくれ』

「軽戦闘機の一機くらい、自分で引っ張って行きやがれ！」

滑走路の端に達したムリヤの直列配置《ボギー》の主脚が、やっと滑走路を離れた。腹に響くジェットの轟音を残して、重そうな上昇を開始する。

無事に空中発射母機が離陸したのを確認して、チャンは管制官席に腰を落とした。ヘッドセットを頭からむしって溜め息をつく。

非常サイレンが鳴りっぱなしなのに気がついて、チャンはスイッチを切った。ハードレイクに、早朝の静寂が戻ってくる。

見やると、夜間照明がついたままの滑走路の真ん中に、微かな朝焼けの光を浴びた小型戦闘機が所在なげに停止していた。つなぎ目のない泡型風防《バブルキャノピー》が機械仕掛けで開きかけている。中のパイロットはヘルメットに酸素マスク、厳重な耐Gスーツなどで表情も何もわからない。

『こちら管制塔、非常事態は回避された。繰り返す、非常事態は解除、救急車両の必要はない』

空港全域に切り換えたマイクに型通りの宣言を行ってから、チャンはレーダースクリーンに目をやった。東海岸に飛ぶ早朝の定期便がレンジぎりぎりをかすめているが、飛んでいったマザー・ボーンが仕事を終えて帰ってくるまでは、ハードレイクに離着陸する機体の予定はないはずである。

「手のかかるパイロットだ」

吐き捨てるように言って、チャンはシートから立ち上がった。備え付けの大型トランシーバーをとってスイッチを入れ、ディスプレイで作動の確認を行う。

「迎えに行ってやんなきゃなんねえか」

コンソールに残っていたマグカップからすっかり冷たくなったコーヒーを一気に飲み干し、チャンは動き出した。可能な限り滑走路を早く空けなければならないし、何よりパイロットに直接文句を言ってやりたかった。滑走路上のホーネットは、停止したまま動く気配はない。

「……本当に燃料ぎりぎりだったんだな」

呟いて、チャンはジーンズのポケットから愛車のキーを取り出した。


東の山脈の稜線《りょうせん》から、朝日が最初の光を投げかけた。誘導路を、大パワーだけがとりえの旧式なアメリカンスポーツカー、コルベット・スティングレイで飛ばしていく。

「滑走路灯を消してきてもよかったか」

晴天率の高いカリフォルニアでは、幌《ほろ》を閉じることはほとんどない。スティングレイはかなりくたびれてきたノーマルのままの助手席に小型機を牽引するためのトーイングバーを突っ立てて、時速六〇キロと規定されている空港内安全速度をほとんど無視して走っている。

消え残りの誘導路灯と滑走路灯を横目に見て、チャンは古いオープン二シーターを滑走路に乗り入れた。

シフトダウンしたV8エンジンを、アクセルを床まで踏み込んで全開にする。世界一排気ガス規制の厳しいカリフォルニアではそろそろ珍しくなってきた純ガソリンエンジンは、太いタイヤを簡単に空転《ホイルスピン》させて二人しか乗れないスポーツカーを加速した。

いったいどういう経歴の機体なのか、もとの下地塗装の白の上にいろいろと塗り重ねられたホーネットは、ハードレイク最長の滑走路のほぼ中央に悠々とその翼を休めていた。機体後方に長々と引きずったオレンジ色の化学繊維の減速用パラシュート《ドラッグシユート》をよけて機体前方に回り込んだチャンは、長い複座用のキャノピーを開け放った機首に顔を上げた。

「てめえいったい何の……」

喚《わめ》きかけた台詞が途中で途切れる。ヘルメットを前面風防《フロントキヤノピー》に引っかけてコクピットの縁に腰をもたせかけていたパイロットは、朝の風に吹かれる長い髪をかきあげながらチャンを見下ろした。

「神に見捨てられたような岩石砂漠だって聞いてたから、もっと暑いかと思ってた」

「……今はまだ、夜が明けたばっかりだから……」

チャンは、どうやっても子供にしか見えないパイロットにぼんやりと答えた。

「日が昇れば、ご期待通りの暑さが体験できると思うぜ」

「管制してくれた人ね。的確な誘導、どうもありがと」

「何が的確な誘導だ。こっちの着陸管制、頭から無視しやがって！」

チャンはやっとパイロットを怒鳴りつけた。

「……お前が飛ばしてたのか？」

着陸管制の周波数から聞こえていた声は、野太い男のものだった。いくらハードレイク管制塔《コントロール》の無線設備がぼろいといっても、女声と男声を聞き違えるはずがない。

にっこり笑ったパイロットは、胸に下げていた酸素マスクをとって口もとに当てた。

『こちらクインビー、ハードレイク管制塔《コントロール》どうぞ』

管制塔で交信したのと同じ声が、念のために持ってきた航空無線モニター用のトランシーバーから流れ出た。

「変調機《イコライザー》でも使ってるのか？」

「子供みたいな声してるから、初めて行く所では、なめられないようにこれを使って交信することにしてるの」

酸素マスクを口から離したパイロットが、もとの声で言った。

「でないと順番飛ばされたり、他の空港に回されたり、大変なんだもの」

「よっぽどがらの悪い所ばっかり飛んでいるんだろう」

文句を言う気も失せて、チャンはエンジンも止まっているホーネットの機体を見上げた。よく見ると、直列配置の後席にはバッグやらトランクやら、その他がらくたが積み込めるだけ詰め込んである。

「さて、と」

乗降用梯子《ボーディングラダー》も使わず、パイロットは身軽にロングヘアを翻《ひるがえ》して滑走路に飛び降りてきた。

「お出迎えありがと。ついでで悪いんだけど、ドラッグシュートの回収手伝ってくれる？　早く滑走路空けないと、まずいんでしょ」

「それは、そうなんだが……」

ぶつくさ言いながら、チャンは手助けも待たずに機尾に走り出したパイロットの小柄な背中を目で追った。

パイロットが切り離したドラッグシュートを回収している間に、ホーネットの機首にコルベットを回したチャンは、艦載機仕様の主脚に軽量なカーボンファイバー製のトーイングバーを接続した。

コルベットの後ろに追加装備したキャンピングカー用の接続部につないでいると、とりあえずまとめたドラッグシュートとラインの束を抱えたパイロットが、勧められもしないのに助手席に乗り込んでくる。

運転席に戻ったチャンは、エンジンをかけてハンドルを握った。

「――それで、この戦闘機、どこに引きずってきゃいいんだ？」

「スペース・プランニングっていう会社が、ここにあると思うけど」

一度はシフトギアに手を置いていたチャンは、両手をハンドルに戻して妙な顔をして助手席を見た。

「うちの会社に何の用だ？」

「わあ、あなた、スペース・プランニングの人なの？」

パイロットは嬉しそうに、右手から手袋を抜いて運転席に差し出した。

「あたしはミキ・ハヤマ。よろしく」

「チャーリー・チャンだ」

気乗りしないまま小さな柔らかい手を握りかえして、チャンはコルベットをスタートさせた。小型とはいえ全備重量で軽く一〇トンを超える機体だから、気をつけて走り出さないと車のフレームを傷めてしまう。しかし、燃料を使い切っているから一度走り出してしまえば、コントロールにさえ気をつければ動きは軽い。

助手席の東洋系の少女のようなパイロットの顔を見て、チャンは訪問者が何の用件で自分の会社を訪れたのか考えていた。

ハードレイク空港には、書類上だけの会社《ペーパー・カンパニー》や常駐社員のいないデスクひとつだけの支所まで合わせると、数十社の航空関連産業の会社がある。

そのうち、専用の格納庫を持ち、ハードレイクを母港《ホーム・ベース》とする機体の運用を行っている会社は、大小合わせて数社しかない。その中の最大手が、超大型のＡｎ２２５ムリヤをはじめとして空中発射母機だけで三機を運用するオービタルコマンド社であり、スペース・プランニングはそれに次ぐナンバー二の地位を保っていた。もっとも、衛星の打ち上げから宇宙機のコントロールまでこなす航空宇宙会社は、ハードレイクにはこの二社しか存在しない。

ジョーンズ&ブラウン・スペース・プランニングCo．Ltdの本社ビルは、誘導路に軒《のき》を連ねる格納庫のひとつ、その二階をメインフロアーとしていた。

「勘弁してくれない、こんな真夜中に」

ほとんど寝起きのままのネグリジェ姿でオフィスに出てきた社長のジェニファー・V・ブラウンは、眠そうなあくびを噛み殺しながら、ふらふらと備え付けのコーヒーメーカーに寄っていった。

「いいから、社長なんか着ません？」

社長の寝起きの悪いのには慣れているチャンは、目のやり場に困りながら、連れてきたパイロットをオフィスの中に招き入れた。

「散らかってるけど、どうぞ」

「どうも……」

格納庫の外側の階段の踊り場に立ったミキは、書類やら航空部品やら電子機器やらで雑然としている事務所の中を、幽霊のようにさまようセクシーな美女を見て目を丸くした。

「……え？　……えー？」

「社長、こちら、今日飛んできたパイロットのミズ・ミキ・ハヤマ。ミズ・ハヤマ、あちらがスペース・プランニングの社長、ジェニファー・V・ブラウン」

「……どうぞよろしく」

「ああ、適当にそこらへんで楽にしてて」

やっとコーヒーメーカーにたどり着いたジェニファー社長は、注ぎ口から特大サイズのマグカップにどぽーっとコーヒーを入れた。こちらを見もしないで、一気に飲み干す。

「あ、あの……」

ヘルメットを後ろ手に持ったままオフィスのドアのところに突っ立っている美紀が、ほとんど物置と化していた応接セットの上のがらくたを退け始めたチャンに声をかけた。

「あれが、社長……さん？」

「そうだよ」

誰かが置いていったらしい年代ものの光学照準器《ガンサイト》を、腰を入れて持ち上げたチャンが答えた。

「……あの、いつも、あんな感じなの？」

「今日は——」

チャンは、二杯目のコーヒーをマグカップに入れ始めた社長の後ろ姿にちらりと目をやった。黒い薄手のネグリジェの下に、同じく黒のビキニショーツが透けて見えている。

「服着てるだけましな方かな」

「よおし、お仕事開始」

二杯目を飲んでもまだしばらくコーヒーメーカーの前でぼーっとしていた社長が、突然高い声を上げた。壁にパイロットスーツやフライトジャケットなどと一緒にかけられていた緊急《エマージェンシー》オレンジ色のハーフコートを引っつかみ、袖を通しながら、今にもどこかに蹴つまずきそうな頼りない足取りでオフィスをゆらゆらと横断してくる。

「はあいお待たせ、ミキ・ハヤマ」

眠たそうなブルーアイが、入り口につっ立ったままの美紀を捉えた。

「あなたが、宇宙飛行士？」

「うちゅうひこうしいい⁉」

チャンは、ひとまとめにして持ち上げたフライトマニュアルの束を危うく取り落としそうになった。

「こ、このちんまいのが、宇宙飛行士⁉」

二人の視線を一身に受けた美紀は、戸惑ったように目を伏せた、すぐに、決然と顔を上げてにっこりと微笑む。

「必要な書類は、先にお送りしておいたはずですけど？」

「ご覧の通りの状況なの」

ジェニファー社長は、困った顔で笑いながらオフィス内に手を広げた。

「この三〜四日、うちでもっとも有能な士官《オフィサー》のミス・モレタニアが休暇でバハマに行ってるおかげで、我がスペース・プランニングでは事務仕事が停止しているも同然なの」

「はあ……もし必要なら、飛行機の中に……」

「いいわ、そのうち出てくるだろうから」

社長は、溜め息をついてオフィス内を見回してみせた。

「デイトン将軍の紹介なら身元も確かだろうし。それに、我が社が必要としているのは書類じゃなくて、あなたの実力だもの」

にこやかに右手を差し出されて、美紀はぎごちなく社長の手を握りかえした。

「よろしく。あたしがスペース・プランニングの総司令官、ジェニファー・ブラウン」

「ミキ・ハヤマです。一緒にお仕事ができて光栄です」

「さてと」

一歩下がった社長は、ブルネットの髪をかき上げながら、パイロットスーツ姿の美紀の上から下までゆっくりと視線を走らせた。

「シャワー？　それとも先に食事にする？　もっともこんな時間じゃ宅配《デリバリー》のピザくらいしかないけど」

「ええと、長時間飛行のあとなので、できれば休みたいのですが」

社長は嬉しそうにうなずいた。

「あたしたち気が合いそうね。いいわ、午後からもう一度会いましょう。三時過ぎればうちのごろつきどもも雁首揃《がんくびそろ》えてると思うわ。チャーリー、彼女を部屋に案内してあげて」

「わかりました。ついてきて」

オフィスの反対側のドアを開けたチャンが、美紀を手招きした。ドアの向こうはキャットウォーク、眼下の格納庫を見ながら上部を縦断して反対側に、大きな部屋がいくつも屋根からぶら下がっている。

「……君、本当に宇宙飛行士なの？」

先に立って歩きながら、チャンは聞いてみた。後ろの少女がむっとしたらしいのが気配でわかる。

「どういう意味よ」

天窓から入る光に、格納庫内の航空機が照らされている。チャンは、すみの作業台の上で整備中の宇宙カプセルや、地上支援車両などのとなりに引っ張り込んだ彼女のホーネットを、キャットウォークの上から指してみせた。

「そんな年であんな戦闘機乗ってて、しかも宇宙飛行士だなんて……」

自家用プロペラ機のパイロットなら掃いて捨てるほどいるし、ジェット機の操縦資格を持っているものだって珍しくない。しかし、宇宙飛行士の資格は、人生の一時期をそれだけに集中してさえそう簡単に取れるものではない。

「気を悪くしたなら謝る。けど、社長からこんどの仕事のために宇宙飛行士の助っ人を頼んだって聞いた時は、もっとベテランが来ると思っていたから」

スペース・プランニングのような零細企業が雇える宇宙飛行士は、ベテランといえば聞こえがいいが、軍や政府機関の年齢制限に引っかかって引退した者が多い。経歴を重ねている分、年を取っている老兵《ベテラン》である。

「老人《ベテラン》は、高価《たか》いもの」

疲れたような声で、美紀は答えた。

「新人《ルーキー》は、その分安いわ」

「なるほどね」

スペース・プランニングの、恵まれているとは到底言いがたい台所事情を承知しているチャンはうなずいた。

「この部屋を使ってくれ」

チャンは、前日にかたづけさせられた部屋の前で立ち止まった。旧式なシリンダー錠のキーを鍵穴に差し込んで、旅客機の内装から持ってきたドアを開く。

「今日は騒音が出るような整備の予定はないからゆっくり寝てられるはずだ。――俺が掃除したんだぜ」

ロフトのような作りの大きめのワンルーム、使い古しのベッドとテーブル代わりの製図卓と、これも旅客機から持ってきた二人掛けのシートがふたつ。古びてはいるものの、清潔そうに掃除された室内に、大きな窓から朝日が差し込んでいる。

「ありがと。気に入ったわ」

部屋に入った美紀は製図卓の上にヘルメットを置くと、そのままベッドに直行した。

「何かいるものはある？」

声をかけて、振り向いた美紀に部屋の鍵を放ったチャンが言った。

「必要なら、取ってきてあげるけど」

「後で自分で取ってくるからいい」

受け取った鍵をテーブルの上に置いた美紀は、パイロットスーツのハーネスを外し始めた。

「ハワイから休みなしで飛んできたのよ。早く眠りたいわ」

「了解した。それじゃ、ごゆっくり」

軽く手を上げて、チャンは部屋から出ようとした。ふと思い出し、ドアを半分開いたまま振り向く。

「目が覚めてからのことだけど……」

しかし、ハーネスを床の上に散らかしたパイロットは、いつの間にかベッドに潜り込んで安らかな寝息を立てていた。肩をすくめて、チャンはドアを開けた。

「おやすみ」

できる限りそっと静かに、ドアを閉じる。


寝苦しさで、うつぶせに寝ていた美紀は目を覚ました。枕に埋めていた頭をのろのろと上げ、目に入るバラック建てのような風景に自分の現在位置がわからなくなり、とりあえずはめたままの旧式な機械式腕時計を目の前に持ってくる。経度が一五度戻るごとに一時間遅らせる習慣を忘れていなければ、一時過ぎ。薄汚れたガラス窓の向こうは明るいから、昼間のはずである。


「ハードレイクに来たんだっけ……」

やっと自分の現在位置と状況を思い出して、美紀はパイロットスーツのままひっくり返っていたベッドからのろのろと起き上がった。いつの間にか毛布は蹴飛ばして落としており、寝ぼけ眼のまま部屋の中を見回す。

安モーテルよりも格納庫併設の仮眠室のような第一印象は、昼間見ても大して変わりはない。潜り込んでいたベッドだけは寝相が悪くても転げ落ちる心配をしなくても済みそうなキングサイズだが、あとは二〇～三〇年前には現役だったらしいテーブル代わりの製図卓、旅客機から剝がしてきたらしい二人がけの座席と、スクラップから引っ剝がしてきたような射出座席、衣装箱代わりに使えというつもりらしい傷だらけの弾薬箱と、その上の何年前からスイッチを入れたことがないのかわからないようなテレビセットなど、場末の地方空港のロフトにふさわしい内装が揃っている。

窓のとなりに取り付けられている不格好なエアコンの存在を確認して、美紀はリモコンを求めて部屋の中を見回した。部品箱をそのまま持ってきたらしいベッドサイドボードには旧式な電話機以外のメカニズムは載っていない。ずるずるとベッドから這い出して、テレビセットが載っている大きな弾薬箱の上を見てみるが、それらしいものはない。

あきらめて、美紀はパイロットスーツのジッパーをおろしながら、まっすぐエアコンに歩み寄った。壁に作り付けられている、これも他から流用してきたような、ごついコントロールパネルに指を走らせてスイッチを入れる。一瞬、反応がないかと思ったが、低いうなりとともに送風口から生暖かい空気が吐き出された。

溜め息をついて、美紀は窓の外に目をやった。となりの一回り小さな格納庫の向こうに、荒涼たる岩石砂漠が広がっている。角度を変えると、型式不明の小型機やら旧式な整備車両やらが並んでいる飛行場の駐機場が見える。見上げると、世界でも晴天率の高いカリフォルニアらしい抜けるような青空が広がっている。

しばらく空を見上げていた美紀は、やがて動き出した。

「荷物とってこなくっちゃ」

洗面道具から着替えに至るまで、すべての荷物はまだホーネットに積んだままである。

緊急《エマージエンシー》オレンジ色のパイロットスーツのまま、美紀は旅客機の内装から剥がしてきたようなドアの、ごついレバーに手をかけた。

ドアを開けて外に——格納庫の中に入った途端、様々な騒音が耳に入ってきた。格納庫全体を冷やす強力なエアコンディショナーの音、エアカーテンの音、整備機械の動く音、どこで動いているのかわからないがジェットエンジンのタービン音らしいものも聞こえてくる。

美紀は、自分が立つキャットウォークの先を見回した。反対側には事務所に使われているらしい部屋があり、壁際まで歩いていけば下まで降りられる非常階段のような細い階段が格納庫の壁に作り付けられている。

格納庫の中には、朝見た時にはなかったはずの大型機が入っていた。その昔の軍用塗装が剝げかけた上から、認識番号と会社のマークだけをおざなりに描き付けた機体は、大昔の軍用ジェット爆撃機を改造した空中発射母機らしい。

「よく使ってるなー、あんな機体」

大型のデルタ翼機だが、美紀の知っている機体ではない。ところどころ、金属地ではなく複合素材の色が見えているところがあるから、機体全体が昔のままというわけではないらしい。

格納庫の奥の作業台で流線型の機体を晒《さら》している宇宙機のまわりには、あいかわらず誰もいない。しかし、一番奥の作業台に載っているエンジンは、どうやら二段燃焼サイクルのロケットエンジンらしい。

「あきれた、空気清浄室《クリーンルーム》もなしに、宇宙機用のエンジン整備《アッセンブル》してるのかしら」

「エアカーテンで囲むくらいのことはしてるよ」

後ろからきれいな日本語で話しかけられて、美紀はびっくりして振り向いた。

「できれば、格納庫まるごと空気清浄室にしたいところなんだけど」

スポーツ用らしい強いキャンバー角度のついた車椅子に乗ったプエルトリコ系の少年が、膝の上に電子部品を載せて美紀を見上げていた。

「え、あ、あの……」

「コンニーチハ、ハジメマシテ」

わざとたどたどしい日本語を発音した少年が、美紀の顔を見上げてにっこり笑った。

「日本人だろ、今朝早く滑走路上でオービタルコマンドのムリヤにカマ掘りかけてコブラしたっていう」

「……そうだけど」

素直に認めることになんとなく抵抗を覚えながら、美紀は車椅子の少年を見下ろした。少年は、狭いキャットウォークの中で車椅子の前輪を上げてその場でくるりと旋回した。

「日本語で独り言いってたから、そうじゃないかと思ったんだ」

肩越しに振り返る。

「ぼくはマリオ・フェルナンデス。エレベーターがあっちにあるけど、いっしょに来る？」

「え、ああ、そうさせてもらうわ」

車椅子を押そうかと手をかけるより早く、マリオはすいすいとキャットウォークの上を滑り出していた。

「あたしは羽山美紀……」

日本語で自己紹介しかけて、美紀は英語で言い直した。

「あたしは、ミキ・ハヤマ。あなたは……」

「ここだよ」

マリオは、結構な速度で走らせていた車椅子をぴたりと停めた。キャットウォークのはずれに、フレキシブルアームの先に取り付けられたゴンドラがドッキングしている。

「……エレベーターって、これ？」

美紀は、格納庫のコンクリート面に停車して三関節式のフレキシブルアームを差し上げているトレーラー部分だけのクレーン車を見下ろした。

「そうだよ。これで十分用は足りる。大丈夫だとは思うけど、一応つかまってて」

マリオは飛行機用のピストンエンジンくらいなら楽に載るくらいの広さはあるゴンドラに、美紀が乗ったのを確認した。車椅子のブレーキレバーを引いて、手すりに備え付けのコントロールパネルに指を走らせる。

モーター音とともに、ゴンドラの水平面を保ったまま巨人の腕のようなフレキシブルアームが動き始める。

手すりをつかんで身体を支えたまま、美紀は車椅子の少年を見た。自分が童顔なのは知っているからあまり人のことはいえないが、十四～十五歳くらいにしか見えない。

「あなたも、スペース・プランニングの社員なの？」

聞かれ慣れているらしい。コントロールパネルに指を置いたまま美紀を見た少年は笑ってみせた。

「バイトだけどね。正規社員にするといろいろと問題があるらしいから」

「へえ……何やってるの？」

「オペレーターとか、メカニックの手伝いとか、コンピューターの面倒見るとかいろいろ」

見習いの子供らしい、と美紀は勝手に解釈した。

「お姉ちゃんは、何時間くらい飛んでるの？」

いきなり聞かれて、美紀は口ごもった。

「ええと……シミュレーションを入れれば二〇〇〇時間くらい……」

「宇宙飛行は？」

「五回……」

美紀はマリオから目をそらした。

「へえ……」

アームに取り付けられたゴンドラが、格納庫の床面に着いた。パネルから手を離したマリオが、車椅子のリムを弾いて軽やかに動き出す。

「思ったより飛んでるんだ」

「あ、あの、ちょっと待って」

「シャワーだったら格納庫の裏。社長はオフィスにいるはずだよ」

片手で車輪を押さえ、くるりと車椅子を反転させたマリオが美紀の顔を見上げた。

「あと何か、聞きたいことはある？」

なぜこの子は自分の聞きたいことがわかったのだろうかと考えながら、美紀は格納庫を見回した。

「いえ、あとはこっちで何とかなると思うわ。ありがとう。でも……」

「どうしてシャワーの場所を知りたいんじゃないかと思ったかっていうとね」

ウィンクして、マリオは車椅子を反転させて素早く動き出した。

「社長に会いにいく前に、髪くらい梳《と》かしたほうがいいよ」

美紀は思わず自分の頭に手をやった。そういえば、今朝は長距離フライトの疲れもあって、ほとんど着の身着のままで寝てしまっていた。

とりあえず手櫛《てぐし》で髪を梳《す》きながら、美紀は格納庫の入り口側の片隅に停められたままのホーネットに駆け寄った。駐機位置がわずかながら直され、牽引用のトーイングバーもはずされている。

機首、主翼に続く延長翼《ストレーキ》部分の下から引き出された乗降用梯子《ボーディングラダー》も、開きっぱなしの風防もそのままだった。ラダーに手をかけて操縦席にのぼった美紀は、キャノピーに取り付けられているバナナ型のバックミラーに自分の顔を映してみた。

「わあ、跳ねてる……」

風防のバックミラーにべーっと舌を出してから、美紀は操縦席に滑り込んだ。

主電源スイッチを入れ、機載コンピューターをオンにする。パイロットスーツの内懐から携帯用の情報端末を取り出して、コンソールパネルのコードと接続、機体側のディスプレイを操作してデータを読み出し始める。疲れていたのと時間がなかったために、着陸後の駐機チェックを滑走路上で最低限行っただけだったから、残りのデータの整理は一刻も早くかたづけなければならない。

現在の機体の状況——自己診断プログラムによれば全系統異常なし、ただし機内の燃料は予備タンク及び増加タンク内まですべて空——を見て、すぐに手を打たなければならない場所がないのを確認してから、美紀は携帯端末の接続を切った。操縦席から立ち上がり、前席のすぐ横まで来ている延長翼《ストレーキ》の上を伝って後席を覗き込む。

ハワイでは一番上に置いたボストンバッグひとつしか使わなかったが、ここでは全部を出さなければならない。美紀は後席の荷物を取り出しにかかった。

射出座席の上だけでなく、作動を切ったスイッチパネルや足元にまでバッグやら何やら詰め込んであるから一度に持ち出せるわけではないが、とにかく落としても大丈夫な荷物を片っ端から格納庫に放り出す。

「お嬢ちゃん、手伝おうかい？」

後席に上半身を潜り込ませていた美紀は、すぐに返事ができなかった。フットペダルの上に落ちていた巾着袋《きんちゃくぶくろ》をやっと拾い出して、両脚をばたばたさせて胴体横の延長翼《ストレーキ》の上に戻ってくる。

見下ろすと、構内用のトレーラーを接続した払い下げらしい軍用四輪駆動車のオープン座席で、ひげだらけの黒人の老人がにやにや笑っていた。薄汚れた作業服の胸の部分に顔写真の張ってあるIDカードを提げているから、ここの整備員かパイロットなのだろう。

「ありがとう」

後席の中にたいした忘れ物がないのを確認して、美紀は荷物を散らかした格納庫の床面に飛び降りた。

「この荷物、部屋に運びたいんだけど」

「あいよ。上の客間だね」

大型の四輪駆動車のサイドブレーキを引いて、黒人は運転席から降り立った。もじゃもじゃの髪もひげも白くなっているからかなりの年だろうが、ひょろりと背が高く手足も長い。

「わしはガルビオ・ガルベス。パイロットだ」

「ミキ・ハヤマです」

自分よりはるかにベテランらしい老人に職種を名乗るのには、かなりの勇気が必要だった。持てるだけの荷物をかき集めて、美紀は顔を上げた。

「わたしも、パイロットです」

「すると、ジェニファーが呼んだ宇宙パイロットというのはお嬢ちゃんかい」

さっさと格納庫に落ちていた荷物を拾い上げた老人は、いささか驚いた顔で美紀を見た。社長のファースト・ネームがジェニファーであるのを思い出して、美紀は曖昧にうなずいた。

「その年で宇宙パイロットとはたいしたもんだ。持って上がる荷物はこれだけかい？」

「ええ、お手数かけます」

「気にすんなって。飛び方はどこで覚えた？」

美紀は、ガルビオ・ガルベスと名乗った老人の視線が、ホーネットに向いているのに気がついた。

「最初に飛んだのはオーストラリア大陸です。あとは、いろんなところで……」

「見た目は構造強化くらいしかわからないが」

ガルベスは、大きなリュックサックを肩に載せ、空いた手でボストンバッグをぶら下げて、エレベーター代わりのクレーン車に歩き出した。

「もとのままじゃプガチョフ・コブラなんてできないはずだ。いじってあるのはエンジンだけじゃなさそうだな」

あとを追う美紀は小さく溜め息をついた。大きい飛行場ではないと思っていたが、まだ誰も起きていないはずの早朝の出来事が、あっという間に知れ渡っている。

「エアデータ・コンピューターのソフトを少し……」

美紀は、自分でいじったコンピューターの中身のことを思い出して言った。もちろん正規の改造ではない。

「あとは、エンジンの余剰推力と強化された機体構造で――。コブラはやったことがあったから……」

「それにしても、着陸寸前の超低空でやるなんざたいしたもんだ。そのうち目の前で見せてくれ」

先にゴンドラに乗ったガルベスが、美紀が乗ったのを確認してエレベーターを動かし始めた。

「無理ですよ。ガス欠寸前で機体が軽くなってたのと、すぐ目の前に大型機がいて、それのジェット後流のおかげで対気速度が大きくなっていたから何とかなったんですから……」

言ってしまってから、美紀はしまったと思って老パイロットの顔を見た。自分が、燃料計算もできないへぼなパイロットだと告白してしまったようなものである。

「それだけの状況を一瞬に判断してコブラに持ち込んだんなら、たいしたもんだ」

しかし、ガルベスはそう言ってにやりと笑った。

「昼間に飛ぶ時は気をつけろよ。ここには物好きな野次馬が多いからな」

「はあ……ありがとうございます」


シャワールームは、格納庫の裏にあった。どこから持ってきたのか、北欧風の丸太小屋《ログハウス》が、格納庫の裏壁に寄り添うように建っている。格納庫の屋根から降りてきた断熱パイプのいくつかが小屋の中に引き込まれているところを見ると、太陽熱利用の温水器でも使っているらしい。

左右のドアに、なにかの標識のつもりか、それぞれ長さ三〇センチもありそうなボルトと、それに合うナットがひとつずつ取り付けてある。いったい何のことだろうと考えても、わからない。仕方がないから着替えを持った美紀は、ボルトの取り付けられている方のドアを開いた。

覗き込んで見ると脱衣所で、先客がいるらしく、簡易式のロッカーのひとつが閉じており、シャワールームへの入り口に薄汚れたスニーカーが一足脱ぎ捨てられている。そのサイズが、どう見ても女性用ではないので美紀は考え込んだ。

「殿方用かな？　でも、アメリカ人って女の人でも足の大きい人っているだろうし……」

考えているうちに、重そうな木のドアは向こうから開いた。出てきたバスタオルを頭に引っかけただけの全裸の人影ともろに目が合って、美紀は悲鳴を上げて丸太小屋《ログハウス》のドアを閉じた。

「わあしまった、ごめんなさい！　こっち女性用じゃないの⁉」

どきどきしながら、あらためてドアの標識を確認する。括《くく》りつけられた大型のボルト以外に、手掛かりになるようなものは何もない。

「……てことは、向こうが女性用なのかなあ。でも、何にも書いてないし……」

「やあ、おはよう」

それまで半開きだった丸太小屋《ログハウス》の窓が開かれて、中から首にタオルを引っかけた濡れ髪のチャーリー・チャンが顔を出した。つい見上げてしまい、チャンが上半身にまだ何も着ていないのを見て、美紀はくるりと背を向けてしまう。

「ごごごめんなさい、覗こうとしたわけじゃないの、ただどっちが何なのか全然わからなかったんで……」

「だから、わかるように目印がドアの前にかけてあるでしょ」

おもしろがっているようなチャンの口調に、美紀は振り返って抗議の声を上げた。

「だって、ボルトとナットがかけてあるだけじゃない。こんなのでいったい何がわかるっていうのよ」

「だからさ」

少し困ったような顔で、窓わくに肘《ひじ》をついたチャンは、ドアに掲げられた軽合金製のボルトを指した。

「こっちが男性用。向こうが女性用」

ナットが掲げられた向こう側のドアを指す。

「なんでよ」

「わかんない？　だからさ」

左手でOKマークを作ったチャンが、伸ばした右手の人差し指を、作った輪の中に出し入れしてみせた。やっとその営みの意味を察知した美紀が、眉をひそめてチャンをにらみつける。

「下品！」

「オレもそう思うよ。ただ、ここじゃオレもまだぺーぺーだし、気にするほどのことじゃないし」

「立派なセクハラよ。この会社にだって、女の人がいるのに」

「シャワールームの更衣室を覗くのも、立派なセクハラだと思うけど」

「だから謝ってるでしょ！　こんなわかりにくい標識出してるほうが悪いのよ！」

「はいはい、そういうわけで女性用のシャワールームはあっちです」

「ご親切にどうもありがとう」

わざわざ膝を折る挨拶を返して、美紀はとなりのドアに歩き出した。ふと立ち止まり、窓に肘をついて見送っているチャンに振り向く。

「他に何か、聞いておいたほうがいいことはあるかしら？」

「そうだなあ」

タオルを首筋から抜いたチャンは、わざとらしく腕を組んで考え込んでみせた。

「今日も朝から天気がいいから、屋根から来る水はゆで卵ができそうなくらい温まってる。いきなり浴びてやけどしたりしないようにね」

「貴重なご忠告、どうもありがと」

ばかっ丁寧に頭を下げてみせて、美紀は女性用のシャワールームに入った。

「あら？」

こちらにも先客がいた。ブルネットのロングヘアの一糸《いっし》まとわぬ全裸の美女が、ロッカールームの片隅の椅子の上で頭を抱えている。

「こんにちは」

おそるおそる声をかけて、美紀はロッカールームに入った。ブルネットが、のろのろと頭を上げる。

「ああ、おはよう……」

眠そうな顔のジェニファー社長だった。濡れ髪だから、シャワーを浴びて出てきたのだろうが、それにしても顔がすっきりしない。

「あの、どこか調子でも悪いんですか」

「ううん」

社長はぼんやりと首を振った。

「起き抜けは、いつもこんなようなものだから大丈夫……」

また居眠りでも始めるように首を落とした社長を横目で見ながら、美紀は適当なロッカーに着替えを入れたバッグを放り込んで、パイロットスーツのジッパーを降ろした。

さっぱりして出てきても、社長はまだ入る前と同じ姿勢のまま射出座席《エジェクション・シート》の上でぼんやりしていた。

Tシャツを頭からかぶって、美紀は社長に声をかけた。

「ほんと、大丈夫ですか?」

「大丈夫……あなた、まだ入ってなかったの?」

「いえ、今出てきたところですけど……」

この温度と湿度なら、風呂上がりに身体も拭かずにぼーっとしていても、風邪をひく心配はないだろう。

「あの、社長?」

「なに?」

「ここら辺で、どこか食事できるところはありません?」

「半径二〇マイル以内に、アメリアズしか、レストランなんて名乗ってる店はないわよ」

「それは、どこに?」

「ちょっと待ってて」

ブルネットのロングヘアをぶんっと振り回して、あいかわらずオールヌードのままのジェニファーは勢いよく立ち上がった。

「あたしもいっしょに行くわ。朝くらいちゃんと食べないと、力出ないもの」

アングロサクソン系のウェストのくびれたプロポーションから目をそらして、コンプレックスを感じながら美紀は自分のジーンズに足を通した。

社長の愛車は、美紀が見たこともないようなグロテスクな流線型のスポーツカーだった。

しかも、度胸のいいことに純ガソリンエンジンらしく、排気管から豪快な爆音を撒《ま》き散らしている。

「な、なんか……」

音は大きいものの、サイズそのものはさほど大きくもないスポーツカーを目の前にして、美紀は目を丸くしている。

「この空港、ガソリン車乗ってる人って多いんですか？」

「こういう商売してると、ガソリンは手に入りやすいからね」

さっさと運転席に座ったジェニファーは、始動したばかりのエンジンが止まらないように微妙にアクセルを煽りながら大きなあくびをした。

「これ、何ていう車なんですか？」

シルバーの車体が砂漠の碧《あお》い空に映えてきれいだが、社名を示すエンブレムらしいものは見当たらない。

「コブラ」

「え？」

「再生産分っていうから、本物じゃないらしいけどね。それにまだ修理終わったわけじゃないから、部品も全部揃ってないし」

「はあ……」

美紀は、聞き覚えのない車の名前を口の中で転がしながら、アルミスキン剝き出しのボディを見回した。

「乗って」

助手席側に身体を伸ばした社長が、内側のストラップハンドルを引いてぺらぺらのアルミのドアを少し開いた。軽いドアを開けて、美紀はヘッドレストのない助手席のシートに身体を滑り込ませた。

「ええと、シートベルトは……」

「いらないわよ、すぐ着くから」

美紀がドアを閉めるのも確認せずに、ダッシュボードの下から生えている妙な形のシフトギアを一速に入れたジェニファーは、無造作に車を発進させた。予測よりもかなり大きい加速Gに、美紀は思わず両手両脚を突っ張って身体を支える。

「あ、あの、わたし、急いでレストランに飛び込まなきゃならないほどは、お腹すいてませんから……」

「あたしも」

走行風に負けずに声を上げたジェニファーは、ギアを二速に放り込んだ。格納庫裏から一時停止線を無視して誘導路に飛び込んだ二座席のスポーツカーが、爆音を撒き散らしながらスピードを上げていく。

「朝のうちは食欲ないのよね」

ハードレイク唯一のレストランであるアメリアズは、格納庫や会社の建物があるブロックと滑走路を挟んだ反対側にある。管制塔及び追跡司令センターのある空港ビルの裏、一般用駐車場の向かいにあるオールドウェスタン風の建物が、営業時間不定、アメリカ田舎料理《オールドファッション》専門という看板を掲げながら、かなり偏った客の注文にも応じるレストラン・バー、アメリアズである。

ほとんど車の入っていない上に、隅のほうには古いプロペラ戦闘機やら朽ちかけたキャンピングカーやらが停まっている広大な駐車場に黒々とタイヤマークを残して、ジェニファーはレストランの前にコブラを急停止させた。

「よかった、開いてて」

足元をふらつかせながら助手席から降り立った美紀は、オールドウェスタン風の切り妻屋根の上で点滅している、飛行機にまたがったカウガールをモチーフにしたネオンサインを見上げて、軽い目眩《めまい》を覚えた。ものの見事に、看板と可動式のネオンサインがマッチングしていない。

「この時間に開いてないことがあるんですか？」

「まあ、昼過ぎりゃだいたい開いてるけど、前の日にパーティーなんかしてたりすると次の日、看板点けたまんまで営業中止してたりするからね。飛行場のほうが二四時間体制だから、ときどきそういう無茶苦茶なことになるんだけど」

エンジンを停止させたジェニファーが、コブラから降り立った。それまでの騒音がうそのように、駐車場に静寂が戻ってくる。まるでタイミングを合わせたように、レストランのスイングドアの中から爆笑が聞こえた。

レストランの前に並んでいる乗用車や支援車両の一群を見たジェニファーは、スイングドアに向かって歩き出した。

「オービタルコマンドの連中ね。きょうは何日？」

「はい」

腕時計に目を走らせた美紀は、今日の日付を答えた。

「たしか、オービタルコマンドは今朝早くに大物の空中発射があったはずだから、どうやらうまく軌道に乗せたみたいね」

「あれか……」

美紀は、今朝の着陸の時に、空中給油の際でもなければこんなに接近しないというくらいの至近距離で見た、軌道ブースターを背負った巨大な六発機の後ろ姿を思い出した。その後どうなったかは今まで忘れていたが、社長の運転するコブラで格納庫の前を通りすがった時は六発機は戻ってきていたし、その巨体の上にはブースターロケットは載っていなかった。

おそらく、空中発射とその後の軌道投入に成功したのだろう。

ガス欠寸前という非常事態にかこつけて、追突するかもしれない緊急着陸を強行した自分の行動を思い出して、美紀はスイングドアを抜けようとする社長に声をかけた。

「あの、いいんでしょうか？」

「何が？」

どうやら寝起きらしい社長が今朝の自分の行状を知っているのかどうか考えて、美紀はもごもごと口を濁した。

「いえ、あの、こういうところ初めてなもんで……」

「心配するようなところじゃないわ。ついてらっしゃい」

エクステリアかオブジェのつもりか、朽ちかけている幌馬車の残骸を横目で見ながら、美紀はジェニファーに続いて店の中に入った。

「わあ、クラシック」

陽光がさんさんと降り注ぐ外からアメリカ風の暗い店内に入ると、一瞬何も見えなくなる。

しかし、目が慣れるにつれて店のインテリアも外装同様かなり古いままなのがわかった。

奥にカウンターバー、店の一画にピンボールやゲームマシンを並べたゲームコーナーがあるのは珍しくもないが、その反対側は小さいながらもステージのようになっており、その横にはどうやら自動演奏装置付きらしいアップライトピアノが置いてある。さらにドアから入ってすぐのところにあるジュークボックスは、今時アンティックショップにでも行かないとお目にかかれないアナログ盤の自動チェンジャー式らしい。

「やあ、お嬢ちゃん」

ステージの脇の一画で盛り上がっていた一団の中から、テンガロンハットに乗馬用ブーツの背の高い男が、ビールを満たした巨大なジョッキ片手に手を上げた。

「オービタルコマンドのアリエス打ち上げの成功を祝いに来てくれたのかい」

「ハイ、ガーランド大佐」

ジェニファーは軽く手を上げて挨拶を返した。

「そういうわけでもないんだけどね。もしよかったら、うちのニュー・フェイスを紹介したいんだけど」

「ほお」

ジョッキ片手のまま、航空宇宙会社の社長というよりは牧場主のような大男は、大股でホールを横切ってきた。

「ミキ、こちら、オービタルコマンドの総司令官、ガーニイ・ガーランド大佐。大佐、こちら今朝着いたばかりのうちの新人、ミズ・ミキ・ハヤマ」

「ほう、するってえと」

小柄な美紀が見上げるようなガーランド大佐は、興味深そうな顔を近づけてきた。

「うちのマザー・ボーンのケツに飛び込みかけて、先尾翼《カナード》も推力可変ノズル《ベクタードスラスト》もなしに滑走路上でアクロバットした新任パイロットってのは、お嬢ちゃんだったのかい」

しまったと思いつつ、そんなことはできるだけ表情に出さないように、美紀はにっこり笑って大男に右手を出した。

「ミキ・ハヤマです。緊急事態だったもので、危険な飛行だったことは承知していますけど、結果に免じてご容赦ください、大佐」

言ってから、美紀は気がついた。

「もしよろしければ、おわびの印に皆さんに一杯ずつ奢《おご》らせていただきたいのですけれど」

ガーランドは、そのブルーアイで美紀を見つめたまま目を離さない。目をそらさずにいるには、かなりの精神力を必要とした。

「……大佐？」

やがて、ガーランドは豪快に笑い出した。

「なるほど、ひとつ間違えれば自分だけじゃなくって他人《ひと》んところの大事な飛行機まで落とそうかってアクロバットをやらかすだけのことはある。いい度胸だ」

美紀の手だけでなく頭まで簡単に包みこめそうな大きな手で、握手が返ってきた。

「ジェニファー、かなり鼻っ柱の強いひよっこを見つけてきたようだな。うまく生き延びりゃあ、使えるパイロットになるぜ」

「そう期待してるわ」

小さな溜め息をついて、ジェニファーは肩をすくめた。

「野郎ども！」

なみなみと注がれていた巨大なジョッキを簡単に空にして、ガーランドは振り向いた。

「こちらの、スペース・プランニングの新人パイロットが、おれたちのために一杯奢ってくださるそうだ。ありがたくいただけい！」

おおー！　という歓声と拍手が沸き起こる。

「どうだいジェニファー、こっちに来て一緒にやらないかい？」

ガーランドは空になったジョッキを上げてみせた。ジェニファーは軽く眉を上げてみせた。

「お誘いはありがたいんだけど、起き抜けだから先にコーヒーをいただくわ。こちらのニュー・フェイスと、ちょっと話したいこともあるし」

「なるほど。それなら、朝飯が終わったらいつでも来てくれ。お嬢ちゃんもな」

「ありがとうございます、大佐」

「そうそう、聞き忘れてた」

行きかけたガーランドは、すぐに戻ってきた。

「お嬢ちゃんは、何を飛ばすんだい？」

「宇宙船よ」

口を開きかけた美紀の代わりに、ジェニファーはあっさり答えた。ガーランドは思わず声を上げる。

「なにい⁉　するってえとお前さんのところで手配した宇宙飛行士ってのは、こーんな娘っ子だってのか」

「ちゃんとＳ　Ｓ《スペース・スペシヤリスト》資格持ってる女性宇宙飛行士《アストロノーティカ》よ」

「どこの発行だ？　テキサスかモスクワか、まさか北京《ベイジン》じゃないだろうな」

「ええと……」

「そういうわけだから、うちの貴重な新人にうっかりしたことしないでね」

美紀が答えあぐねているうちにさっさと話を打ち切って、ジェニファーはパーティーをしているのと反対側の静かな一画に美紀を引っ張っていった。

「あなた、いったい何をしたのよ」

通りすがりにカウンターに定食《ランチセット》二人前を注文して、美紀をボックス席に引っ張り込んだジェニファーは、声をひそめて聞いた。

「え、ええと、べつに大したことじゃ……」

「大したことなくて、あの大佐があんなこと言うわけがないでしょ。チャーリーも何か妙なこと言ってたし、滑走路上のアクロバットっていったい何の話よ」

やはり聞いていなかったのかと思って、美紀は溜め息をついた。

「着陸する時にちょっと……」

「ちょっとって何」

「……燃料が足りなくなったんで、滑走始めた空中発射母機の後ろから着陸したんです」

「滑走路上のアクロバットっていうのは?」

「それは、あの、後ろから突っ込みそうになったんで、思いっきり機首上げ姿勢で制動かけたから……」

「こんなふうに?」

ジェニファーは、テーブルの上で低空飛行させた手の先を突然天井に向けた。そして、ぱたんとテーブルに落とす。

「ええ、まあ、だいたいそんな感じで……」

「あきれた」

肘をついたジェニファーは、前髪の下に指を差し入れて頭を支えた。

「それって、プガチョフ・コブラじゃない」

「ええ、そう呼ばれてます」

「それでか……」

航空宇宙産業に身を置いている人間だけあって、それだけ聞けば、さっきのガーランドと美紀のやり取りに得心がいったらしい。

ウェイトレスが、二人の前にコーヒーを置いていった。ブラックのままのコーヒーを一気呑みして、ジェニファーはまっすぐ美紀に顔を上げた。

「最初に言っておいた方がいいわね」

「はい……」

「うちに必要なのは、見た目派手に飛び回るのが得意なアクロバットパイロットじゃなくて、正確に、安全に、確実に飛ばせるスタッフなの。現実にどんな連中が雁首揃えてるかは別としてね」

「はい……」

「腕利きなのはわかったけど、ここにいる間はそういう真似は控えてちょうだい。いろいろとデリケートなもの扱ってるんだから」

「覚えておきます」

最悪、首のすげ替えまであるかなと思っていた美紀は、ほっとしてうなずいた。

「さてと、オービタルコマンドに借りができちゃったわね」

両手をいっぱいに上にのばして伸びをしながら、ジェニファーは呟いた。

「どうしよっかなー。まーたブラックジャックの相手でもしてやんないといけないかなー」

オービタルコマンドご一同さまが集まっている一画から、またどっと笑い声が上がった。

「あ、あの、危ない真似したのはわたしですから……」

「こういう場所でこういう仕事してるとね、そういうわけにもいかないのよ」

「ようジェニファー」

また、なみなみとビールを満たした巨大ジョッキ片手のガーランドが現れた。

「相談が終わったんなら、一曲やってくれねえか。うちの若いののリクエストだ」

「仕方ないわね」

請われるままに、ジェニファーはテーブルから立ち上がった。

「朝御飯まだなんだから、一曲だけよ」

ウェイトレスが持っていくトレイの上に並べられたカクテルをひょいととって、一口で飲み干したジェニファーは、やんやの拍手が迎えるなか、ステージ横のピアノの前に腰を下ろした。

人差し指で雨だれ式に音程を確かめてから、流れるような和音から前奏を引き始める。

クリームをたっぷり入れたコーヒーカップを口に運んでいた美紀は、伸びのあるアルトで聞こえてきた歌声に手を止めた。

「……この曲、知ってる……」

〽わたしを月まで連れてって、星の間で遊ばせて……

いつ、どこで聞いたのかは思い出せない。しかし、美紀はこの曲をずっと昔から知っているような気がしていた。

「ハイ、お待たせ」

フルコーラス歌い終えたジェニファーが席に戻ってきた時、美紀は運ばれてきたランチセットのステーキを目の前にしてぼーっとしていた。ベンチシートに座りながら、うつむき加減の美紀の顔を覗き込む。

「あら、涙にむせんでくれるほどうまく歌えたかしら？」

「あ、はい、いえ、その……」

言われて、美紀はあわてて目をこすった。自分でも気がつかないうちに、涙が出ていたらしい。

「昔どこかで聞いたことがある歌だったから……どこでなのか、思い出そうとしているうちに、ははは……、社長、歌、お上手ですね」

「ありがと。これでもジュリアード音楽院目指してた時もあったのよ」

美紀も、その音楽大学の名前は聞いたことがあった。

「わあ、すごい」

「さ、とっとと朝御飯かたづけましょ。食事が終わったら、みんなに紹介してあげる」

ジェニファーは、アメリカサイズのサンダルのように巨大なステーキを豪快にナイフでさばき始めた。目の前に置かれたニューヨークステーキと巨大なシーザーズサラダの皿、バケットに山盛りに盛られたパンとクロワッサンを見て、美紀は溜め息をついた。

「こんなの全部食べたら、体重が倍になっちゃう」

「ん？　なに？」

日本語で呟いたから、ジェニファーには聞き取れなかったのだろう。美紀は健啖家《けんたんか》ぶりを発揮している社長に笑みを返した。

「いえ、おいしそうだなと思って」

ナイフとフォークを持って、美紀はランチセットをつつき始めた。

「ああ、社長、おはようございます」

ジェニファーの後についてオフィスに入った美紀は、自分の目を疑った。今朝、夜が明けたばかりの事務所はまるで空襲でもされたような散らかり具合だったのが、見違えるようにかたづいている。

「ミス・モレタニア！」

ジェニファーは、事務所のドアを入ってすぐのところに、まるで受付のように置かれているデスクでタイプを打っていた女性を見て声を上げた。

「いったい、いつの間に帰ってきたの⁉」

「ロサンゼルス国際空港《LAX》で、別件で来ていたロケットダインの輸送機《フレイター》がここに寄るっていうから、便乗させてもらったんです」

ロケット、スクラムジェットを含む宇宙向けエンジンメーカー最大手の会社のマークをつけたジャンボジェットが、食事の最中に離陸していったのを美紀は知っていた。

目の前でデスクワーク中の、ジェニファーよりは落ち着いて見える年齢不詳の美女は、その機体でここに帰ってきたらしい。

「予定より早かったわね。助かるわあ」

ジェニファーは、昨夜までの混沌《こんとん》がうそのようにかたづけられたオフィスを見回した。来客用の応接セットは、いますぐに突然の来訪があっても使えるようになっており、社員一人にひとつずつ与えられている机の上も、デスクワークに支障のないようにかたづいている。

そして、いったいどんな魔法を使ったのか、パイロットやメカニックの机の上や椅子のまわりだけでは足りずに様々な場所を侵食していた航空部品や電子部品などのジャンクの山は、きれいさっぱりオフィスの中から消えていた。ただひとり、自分で城のように組み上げたコンピューターセットのおかげで、デスクが見えなくなっているマリオのスペースのまわりだけが変わっていない。

「たった一〇〇時間ここを離れただけで、あんなことになるんですからね」

タイプライターのベルが澄んだ音を立てると同時に、流れるような手つきでレバーを引いて、ミス・モレタニアはタイプを打つ手を止めて顔を上げた。

「彼女ですか？　今回の宇宙飛行士って」

「そう」

ジェニファーは、少し驚いた顔をした。ミキを見て、一目《ひとめ》で宇宙飛行士と言い当てたのは、彼女が初めてである。

「よくわかったわね」

「出かける前に、こんど来る予定の宇宙飛行士の個人《パーソナル》データはネットで確認していましたので」

「なら、話は早いわね。彼女が、今回の仕事のために来てくれたミキ・ハヤマ。ミッキー、彼女が我がスペース・プランニングでもっとも有能なオフィサーである、ミス・ナニー・モレタニア」

「ミキ・ハヤマです」

きょう何度目になるかわからない自己紹介をしながら、美紀はミス・モレタニアに右手を出した。

「よろしく、ミキ・ハヤマ」

正確に美紀の発音をトレースして、ミス・モレタニアは握手を返した。

「彼女は、お茶を淹《い》れる名人でもあるの。自分の好みを言っておけば、素晴らしいお茶を飲ませてくれるわよ」

「へえ……」

言われて、美紀は目を丸くした。合衆国で、まともなお茶が飲めるなどとは期待していない。

「ええと……」

社長は、かたづいているオフィスの中を見回した。電子部品とコードで組み上げられた一画から、時折、電子音や作動音が聞こえている以外は、エアコンディショナーが動いているだけである。

「マリオは仕事中か。でも、もう会ったって言ってたわね」

美紀はうなずいた。

「あの子は、何をしているんですか?」

「何って、それはいろいろよ」

ジェニファーは、美紀ににっこりと笑ってみせた。

「信じられないでしょうけどね、彼、ハードレイクでもっとも有能なオペレーターなのよ」

「オペレーター……ですか?」

言われて、美紀は電子機器の砦《とりで》に囲まれているような一画を見た。

「つまり、飛行計画とか軌道計算とか、ですか?」

「それだけじゃないわ。試験機だって飛ばすし、サテライト・オペレーションだってやるわよ」

「だって、あの子……」

「車椅子だっていうんでしょ。いまなら、わざわざパイロットが乗らなくてもコントロールできる飛翔体は多いし、それに、オペレーターの仕事ってそれだけじゃないしね。ま、そのうちわかるわよ。ミス・モレタニア、オフィス《ここ》にいないうちのごろつきどもは、どこで何やってるの」

「軌道上《うえ》に上がってるデュークのチーム以外は、みんな半径五マイル以内にいると思いますけど」

「どうせ、もうすぐお茶の時間ね」

ジェニファーは、壁にかけられている二四時間表示のアナログ式大時計の針を見た。

スペース・プランニングでは、ミス・モレタニアの持ち込んだ習慣によって、午前と午後にお茶の時間があった。よほど手が離せない、管制官の当直当番とか衛星の軌道投入などの仕事にかかりきりのものでない限りは、社員のほとんどはオフィスに現れる。

「いいわ、その時に他の連中には紹介するから。仕事の説明も、その時でいいわね」

「はい」

「かしこまりました」

西海岸夏時間の午後三時が近づくと、オフィスにひとり、またひとりと人が集まってきた。

「やあ、ゆっくり眠れた?」

やることがないから、来客用のソファでタブレットを見ていた美紀は、顔を上げた。ジェットヘルメット片手に飛行服《フライト・スーツ》姿のチャーリー・チャンが挨拶代わりに手を上げる。

「おかげさまで、ありがとう。あなた……」

美紀は、戦闘機用らしいフライト・スーツを見て、雑誌をマガジンラックに戻した。

「管制官じゃなかったの？」

「あれは、当番。ここじゃ二四時間営業しようと思うと管制官の数が足りないから、いろんなところが持ち回りで管制官やってるんだ」

「それじゃ、本職はパイロット？」

「そうさ」

チャンは、軽量の新素材で作られた新品に近いジェットヘルメットを上げてみせた。

「と言いたいところだけど、残念ながらまだ超音速機は見習いの状態でね。計器飛行も勉強中だし、まだまだ先は長いってところかな」

「へえ……」

美紀は感心したようにうなずいてみせた。彼がどこまで飛ぶつもりかわからないが、道はどこまでも長く続く。

「ハイ、ミッキー、来て」

トレイにマグカップやらティーカップやら種々雑多なカップを載せていたミス・モレタニアと何やら話していたジェニファーが、美紀を呼んだ。

「だいたい揃ったみたいだから、先にうちのスタッフから紹介するわね。チャンとは顔見知りらしいし、GGとマリオはもう挨拶したって言ってたわね」

イニシャルをとったGGというのが、ガルビオ・ガルベスの愛称らしい。

「それと、ミス・モレタニア。それから、そっちの中年がチーフメカニックのヴィクター」

「よろしく」

サングラスを額に上げた細身の中年がにっこり笑った。クラーク・ゲーブル風に髭《ひげ》を蓄《たくわ》えた優男《やさおとこ》だが、その唇は妙に紅《あか》い。

「それと、サブメカニックのウォーレン」

「やあ」

こちらはティーカップをソーサーに載せて壁にもたれていたアスリート体型の三十男が、無愛想に軽く目を伏せた。

「あと、軌道上《うえ》に上がってたり飛んでたり、必要な時には他からスタッフ借り出したり貸したりするけれど、だいたいこれがいまのうちのスタッフ・メンバーよ」

ジェニファーは、テーブルのまわりに集まった社員たちを見回した。

「彼女が、今回の仕事のために来てくれたSS資格の宇宙飛行士、ミッキー・ハヤマ」

促《うなが》されて、ソファから立ち上がった美紀は一礼した。

「ミキ・ハヤマです。よろしくお願いします」

今日何度めかの自己紹介のついでに、社長の発音を微妙に修正する。

「さて、そういうわけでミス・モレタニアも戻ってきてくれたし、我がスペース・プランニングは次の作戦に向けて本格的に態勢を整えたわけですけど」

ジェニファーは、茶菓子が置かれていたテーブルにプリントアウトをばさあっと広げた。

「みんなも承知してるとは思うけど、今回のミッションは静止軌道上の放送衛星、スターバードの定期点検。当初の予定通り、打ち上げは一週間後。空中発射母機はGGのハスラー、宇宙機はダイナソアを使います。マリオ、計画の検討は終わった？」

「終わってるよ」

テーブルから少し離れていた車椅子の少年は、ココアが半分ほど残っているマグカップを、手近のデスクの上に置いた。

「打ち上げ目標高度は三万六千キロ上空の静止軌道上、仕事は放送衛星のデリバリー・サービスと点検整備。現時点でも、スターバード自身のコンピューターでいくつか手を入れなければならない場所があるのがわかってるし、現場で仕事の追加があるかもしれないけれど、他から大型のマザー・ボーンを借りたり、宇宙機を調達する必要はない。計画だけの仕事なら、今うちの格納庫にある機材だけで何とかなります」

驚いたことに、やっと変声期を過ぎたばかりのような子供の言葉を、全員が真剣に聞いている。ファイルをめくるでもなく、ディスプレイを見もしないですらすらと言い終えたマリオは、美紀の顔を見た。

「GGの腕はみんな承知しているから、この中で確認されていない要素《ファクター》は、成層圏で空中発射母機から放たれた後の宇宙パイロットの腕だけだけど、今回は流星雨の中を突っ切ったり、太陽フレアの最中で大気圏突入したりするわけじゃないから、地上からのサポートだけで大抵の非常事態には対応できると思う」

「……流星雨の中を突っ切る？　太陽フレアの最中で大気圏突入？」

美紀は思わず呟いた。ソファのすぐ後ろに手をついていたチャンの顔を真上に見上げる。

「どういうこと？」

「つまり、気象庁が流星雨の予報を出してないし、太陽の活動も安定してるってことだろう」

「じゃなくて、そんなミッション組んだことがあるの？」

「もちろん、最初からそんなミッションにしようなんて予定を組んだわけじゃないさ。ただ、流星雨の時は人命がかかってたし、太陽フレアの時は軌道上《うえ》で待ってるとこっちの天気がおかしくなりそうだってんで、勝手に突入可能時間域《ウインドウ》に飛び込んできちゃったんだ」

「はあ……」

美紀は溜め息をついた。

「そういうことって、いっつもあるの？」

「まさか」

チャンは肩をすくめてみせた。

「せいぜい、年に一度か二度くらいだよ」

「ああ、そお……」

美紀は頭を振って、目の前に広げられたプリントアウトに見入った。

「ミッキー、スペース・プレーンの操縦経験はあるわね」

「ええ、それは、まあ」

「大気圏突入から着陸まで、無動力のダイナミック・ソアラーの経験はある？」

宇宙空間から大気圏内に突入し、地上に軟着陸する方法は何種類かある。もっとも単純なのは、大気圏突入後にパラシュートを開いて減速し、風任せに地上や海に着陸、着水するもので、大気圏内で翼を開いてエンジンを再始動するものから、その気になればそのまま地球半周くらいできるスクラムジェットの宇宙飛行機《スペース・プレーン》まで、そのパターンは様々である。

そして、その中でもっとも経済的なのが大気圏突入後は滑空のみ、グライダーというよりは投げ飛ばされた石のように墜《お》ちてきて、最後だけは滑走路に進入して着陸するシャトルである。

この方式は、衛星軌道上まで余分な燃料と大気圏内で再始動して使うためのエンジンを持っていかないため、その分ペイロードを稼いだり、機体を軽くしたりすることができる。しかしながらその反面、自力で飛び回ることができないから、再突入後の飛行の自由度はほとんどない。

具体的には、カリフォルニアのように飛行場が多いところならともかく、そうでないところでは、大気圏突入後の着陸場所の変更などほとんどできない。

この方法をとるシャトルの飛行形式を、空気抵抗のみに頼る滑空機《ソアラー》と宇宙開発の黎明期にテストされていた機体にちなんで、ダイナミック・ソアラー、あるいは短縮してダイナソアなどと呼ぶ。

「着陸訓練は、何度かやりましたけど」

「それじゃあ、そこら辺からリハーサルしてもらう必要があるわね。ヴィクター、うちの機体で訓練に使えるのはある？」

「社長のスタークルーザーを、ソフト改造すれば使えますわ」

「……また？」

社用機として登録されているが、実際にはジェニファー個人の所有であるビジネスジェット機、ビーチ・ルータン・エアクラフト社製のスタークルーザーは、ここに来るまではほとんどノーマルの機体だった。

それが、ハードレイクを巣として飛ぶようになって以来、いくつかは本人も知らないうちに様々な改造を施されて、外観も中身も相当変わってしまった。

標準で装備されていたターボファンジェットが五〇パーセントも強力な軍用に換装され、挙げ句の果てにアフターバーナーまで追加されていた時は、知らずに飛ばしたジェニファーが制限荷重を超えて機体を壊しかけたり、燃料を使いすぎて近所の乾湖に緊急着陸したりしている。

「いえ、べつに機体構造《エアフレーム》やメカニズム部分に手を入れようって言うんじゃありません」

「人のビジネスジェットを、そうそう戦闘機みたいに改造されてたまりますか」

「エアデータとCCVのコンピューターのデータを入れ換えるだけですから、すぐにできますわよ」

妙に丁寧な言葉を聞いた社長が、いきなり声を上げた。

「CCV！　聞いてないわよ！　いつの間に人の飛行機そんなことにしたの⁉」

「大丈夫ですわよ、隠しコマンド入力しない限り、飛行感覚はもともとおんなじですから」

「そういうこと聞いてんじゃない！　いったい、いつの間に人の飛行機にそんなもん組み込んだのか聞いてんのよ！」

「ええと、あれは確かスタークルーザーのエンジンを換装してから、推力計算だけで超音速できるのが判明した後で——、でも、スタークルーザーってそんな速度で飛ぶような機体じゃないから、先尾翼《カナード》が衝撃波で引きちぎれちゃうのよね」

美紀は、ヴィクターが女言葉で喋っているらしいのに気がついた。

「それで、カナード引き込み式にした場合、あれの機首のレドームが保つかどうかと、カナードなしで姿勢制御できるかどうかをマリオに計算してもらって、何とかなるって答えが出たから……」

社長が低い声で唸《うな》った。

「まありいおお」

「あれ、社長、気がついてなかったんですか？　ぼくはてっきり気がついてるもんだと……」

「それで、超音速時の空力重心の移動を計算に入れると、後ろの主翼だけでも何とかなることがわかったから、カナード引き込み式にして、ほら、あの機体、民間じゃ最初の世代のフライ・バイ・ワイヤーでしょ。コンピューターいじるだけで、カナードなしの姿勢制御できるようになるんです。ただ、やっぱり音速以下の時に比べると機体が不安定になるから、いっそのことCCVにしちゃえって……」

「それで……」

気を鎮めるように大きく深呼吸した社長は、ヴィクターをにらみつけた。

「その機体なら、本物と見紛《みまご》うばかりにダイナソアの動きをトレースできるんでしょうねえ」

「そりゃもう。ダイナソアだけじゃなくって、ソフトさえ書き換えれば戦闘機から大型旅客機、速度域が違うけどスクラムジェットの飛び方だって再現できますわよ」

「GGは知ってたの？」

ジェニファーの声は、まだ低く唸るようである。

「ああ……」

ガルベスは、あまり気乗りしない様子で答えた。

「改造したスタークルーザーのテスト飛行は、だいたいわしがやっとるからな」

「まったく、人の副操縦士席《コ・パイロットシート》の操縦システム妙なことにしたと思ったら、そんなことしてただなんて……」

大袈裟《おおげさ》に溜め息をついてから、ジェニファーはガルベスをにらみつけた。

「それなら、訓練飛行の教官はGGが責任もってできるわね」

「いまこの会社には、他にパイロットがいないだろうが」

「ブラックボックスの書き換えはどれくらいでできるの?」

「明日の朝までに仕上げとけばいいんだろ」

壁の二四時間時計を見上げたマリオが言った。

「朝いちに訓練飛行するとして、それに間に合うようにやっとく。パイロットは、それでいいかな?」

目配せをうけた美紀は、ガルベスと顔を見合わせた。ガルベスは、美紀とマリオにうなずいてみせた。

「テスト飛行は早朝にやることになってる。それでよかろう」

「スタークルーザーの整備は、それまでに終わる?」

「誰に向かって言ってんのよ」

ヴィクターは、自分の右手の指を伸ばしてみた。美紀は、彼がマニキュアを引いているのに気がついた。

「普通のビジネスフライトするだけなら燃料《JP・4》入れれば、いますぐにだって飛べるわ」

「チャーリー、明日の早朝は他の会社の飛行計画《フライト・プラン》はある？」

「昼間に管制塔に顔出した時には見ませんでしたが」

「それじゃ、飛行計画提出しといて。時間外手当つけてあげるから、飛行管制もよろしく」

ジェニファーに言われたチャンは、うげーっと声を上げた。

「ちきしょーめ、明日こそは寝坊できると思ったのに」

「打ち上げ予定日までに、必要な機材のセットアップは間に合うわね」

「スケジュールにはかなり余裕があります」

マリオが答えた。

「いつかみたいに奇襲かけるようなスケジュールの繰り上げがない限り、週末休んでも一週間後のいまごろには、みんなでのんびりお茶を飲んでられるはずです」

「ミス・モレタニア、何か問題はある？」

「ありません」

ミス・モレタニアは優雅に首を振ってみせた。

「まあ、例によっていろいろと出てくるでしょうけど、それはいつも通り何とかなるでしょう」

「じゃあ、そういうことで」

ジェニファーはオフィスにいる全員の顔を見渡した。

「作戦開始、ＧＯよ！」

X-DAY　マイナス6

ビーチ・ルータン・エアクラフト社のスタークルーザーは、ターボプロップ推進だった前作スターシップを純ジェット化したものである。

鬼才バート・ルータンの設計によるスターシップは、民間用のビジネス機でありながら、先尾翼、後部の主翼に推進式——つまり後ろ向きに取り付けられたプロペラ、そして軽量化のための新素材の大胆な採用など、それまでのビジネス機の概念を一新するものだった。

この機体に、燃費のいい高バイパス比ターボファンジェットエンジンを組み合わせたスタークルーザーは、バージョンによっては無給油で太平洋を横断できるだけの航続距離と、ビジネス機らしからぬ運動性能で知られている。

機体外形もさらに空力学的に洗練され、基本設計の確かさもあって、細かい改良を続けながらいまだに生産が続いているというロングセラーである。ただし、機体価格が比較的高価なためか、生産機数はさほど多くない。

格納庫から引き出され、格納庫前の照明に照らし出されたスタークルーザーは、美紀の記憶にある機体から大きく変化しているわけではなかった。確かに機首の両側にある前翼《カナード》の形がより鋭くなっており、翼型も変更されているらしいし、本来は存在しないカナードの引き込みなどという仕掛け《ギミック》を追加したらしくスリットも開いているが、それ以外に変わるところは、より強力なタイプに換装されたというエンジンをカバーするカウルの形くらいしかない。

「さて、それじゃあ、機体チェックから始めてもらおうかい」

ガルベスは、美紀にホルダーに留められた機体チェックリストをよこした。

「この型の機体を操縦したことは？」

「訓練生時代に、ガルフストリームでジェットの免許をとったんですけど」

美紀は、まだ日が昇らないうちに機体チェックを行うときの必需品であるフラッシュライトを点灯して、光を機体に向けた。

「カナードは、超軽量飛行機《ウルトラライト》で乗ったことがあるだけで……」

「並みの機体とそう感覚が違うわけじゃない。改造されたところのチェックはこっちで補助してやるから、とりあえず、機体チェックを済ませるんだ、お嬢さん」

「はい」

訓練生に戻ったような気分で返事をして、試験されるような緊張感を覚えながら美紀は機体チェックを開始した。

パイロットは、飛行前に自分の機体を目視で点検する。チェックリストにある通り、時計回りに機体の各部を確認し、整備用に留められている赤いタグのついた安全ピンをはずし、タイヤの空気圧や着陸脚の作動、整備用のアクセスパネルのロック、低翼式——胴体の下から生えている——の主翼に背負い式に載せられている大型のエンジンポッドの状況と、次々と確認していく。

美紀は、前面に大きく口を開いているエアインテイクを見て、思わず立ち止まってしまった。

「どうしたいお嬢ちゃん」

「いえ、インテイクのコーンがこんなごっつくって、しかも動くようになってるから……このエンジンって、本気で超音速仕様なんですね」

「型式は原形《オリジナル》についてた民間用とおんなじだが、こいつは超音速巡航《スーパークルージング》できる戦闘機用のエンジンだからな。計算上だけならマッハ二なんて簡単に超せるんだが、問題は機体の方が空力加熱に耐えられなくなるってことだそうだ」

音速を超えるような速度を出すと、空気の断熱圧縮で機体表面が加熱される。スタークルーザーは本来その様に設計された機体ではないから、それを無視して飛んでいると最悪の場合、空中分解しかねない。

「よくそんな機体使ってますね」

「機体の状態を把握できないようなパイロットには、飛ばせられないってこった。さて、次はコクピット教習《ドリル》に行ってみようか」

「これは……」

乗降ドアをくぐり、操縦席に入った美紀は目を丸くした。

「……左右で操縦システムが違う……これで、ほんとに複操縦システム生きてるんですか?」

左右、あるいは前後にそれぞれの操縦システムを持つ機体は、片側で行った操作が、そのままもう片方で同時に再現されるようになっている。具体的には、片方の操縦桿《かん》を動かすと、もう片方も同じように動くし、ラダーペダル、スロットルレバーも同じように動く。

「そうでなきゃ、訓練用の機体にならないだろうが」

左側の機長席は、ステアリング式の操縦桿とディスプレイの多いグラスコクピットのまま、ほとんど改造されていないように見える。しかし、その反対側、操縦士席は一目見てそれとわかるほど改造されていた。

フライ・バイ・ワイヤー、つまり操縦桿の動きを電気的に検出して翼の舵面を動かすサーボモーターを制御するシステムでありながら、お互いにどんな動作をしているのか一目でわかるように、スタークルーザーにはステアリング式の操縦装置が採用されている。

しかし、右側の操縦士席はそんな設計思想をあっさりと無視してシートの真ん前に操縦桿がそそり立っており、操縦席まわりのディスプレイも液晶式の薄型がいくつか追加されている。ビジネス機ながら視界のいい風防前には、どう見ても戦闘機から持ってきたとしか思えないヘッドアップディスプレイの投映板《グラス》が取り付けられている。

「飛行ソフトの換装は済んでるよ」

操縦席後ろの補助席で横座りして、ラップトップパソコンのキーボードを叩いていたマリオが、ディスプレイから顔を上げた。徹夜明けかもしれないが、その顔からは寝不足は感じられない。

「スイッチ切り換え《ワンタッチ》で、揚抗比一〇のスタークルーザーから揚抗比三のリフティングボディに変身するよ」

飛行機の性能を示す指標のひとつに、揚力・抗力比（L／D《リフト・バイ・ドラッグ》）がある。一定高度を降下する間に、機体の揚力でどれだけ前進できるか、つまりどれだけ機体が空気抵抗と揚力によって効率的に距離を稼げるかというもので、一キロ降下する間に一〇キロ前進できれば、揚抗比は一〇ということになる。

この値《あたい》は性能のいいグライダーで三〇から五〇以上、通常のジェット機でも一〇前後、飛行性能をさほど重視していないスペースシャトルでは一・五とか二とか、かなり悲惨な値が出る。この数字は、機体姿勢や速度などでかなり自由に変化する。また、スタークルーザーのような飛行機でも、飛行ソフトを書き換えることによって他の機体の癖を再現、つまりコンピューター制御によって飛行感覚を変えることができる。

「ご苦労だった。電源を落としても大丈夫かな？」

ガルベスがマリオに聞いた。マリオはうなずいた。

「では、いったんすべてのスイッチを切ってくれ。まだ飛行前点検《プリフライトチエック》の途中だ」

「了解」

キーボードを叩き、コードレスのペンでパネルをいくつかクリックしてから、マリオは手を伸ばしてコンピューターパネルのメインスイッチを切った。ノートパソコンとパネルを接続していたコードを引き抜き、開いていたアクセスパネルをぱたんと閉じる。

「ホーネットに乗っておるのなら、基本動作は説明の必要はあるまい。まずはシートとペダルを自分に合わせるんだ」

小柄な美紀が操縦席につくと、どうしても浅く腰掛けないとペダルを踏み切れなかったり、天井近くのスイッチには手が届かなかったりする。操縦席こそ射出座席《エジェクション・シート》になっていないものの、戦闘機のような四点式のシートベルトがあるから、座席の位置を合わせないと、急な動作に対応できない。

座面を高めにして、ラダーペダルも高めに持ち上げる。シートに背中をまっすぐにつけて腰掛けた状態であちこちに手を伸ばしてみて、ラダーペダルをいっぱいに踏み切れるのを確認した美紀は、ついでに操縦席脇の窓から主翼の先のウィングレット兼用の垂直尾翼の作動を確認しようとした。

——動かない。

美紀はすぐに自分のミスに気がついた。

「そうだ、フライ・バイ・ワイヤーの機体だから、電源入れないと翼が動かないんですね」

「そのとおりだ、お嬢さん」

「それじゃ、と」

操縦席に腰を落ち着けて、美紀はざっとまわりのパネルを見回した。唯一生きて動いているのはパネルの隅に取り付けられたストップウォッチ付きのアナログ時計だけで、データを映し出すディスプレイも無線機も、操縦室で生きている計器はひとつもない。

美紀は、主電《でん》源《き》スイッチをオンにした。いくつかのディスプレイに灯《ひ》が入り、作《さ》動《どう》開始を示すパターンが点滅して動き出す。さらに続けていくつかのスイッチを入れていき、操縦室内の計器をすべてよみがえらせる。ここらあたりまでは、各スイッチについているパネルを読めば、マニュアルを丸暗記する必要はない。

「知ってるとは思うが、お前さんが宇宙《そら》に飛ばす予定の連絡機《シャトル》も、操縦桿が一本でグラスコクピットだ」

ひとつにつきひとつの情報しか表示できない計器類をできる限り減らし、代わりにディスプレイを増やして、そこに必要な情報を表示するようにした操縦システムが、グラスコクピットである。

生き返ったディスプレイは、大昔はノートほどもあるチェックリスト片手に機長が操縦士と協力してやっていた機体各部のチェックを、高速で自動的にこなしていく。

操縦士席側に備えられているディスプレイは四面、ノーマルのまま手が加えられていないらしい機長席側よりも一面多い。

「シャトルのほうでの訓練は向こうでやってもらうとして、今回の飛行では、飛び上がるまでは右から三番目までのディスプレイを使う。一番左側のは無視していい」

「了解しました」

美紀は、チェックを終了したリストがずらっと表示されている三面のディスプレイに目を落とした。コンピューターは自己診断システムを備えているから、機体の電子系統からエンジンに至るまで、すべてのチェックを人間が行うよりもはるかに素早く済ませることができる。

「第一、第二エンジン異常なし、機体電子装備異常なし、電圧正常、電気系統正常、操縦系統正常、与圧システム正常……」

すべての項目を読み上げ、続いてすべてのスイッチやレバーが正常な位置にあるかどうかの確認作業に入る。

スロットルレバーから機体外部の航法灯、ヘッドライトに至るまで、すべてのスイッチがエンジン始動前のあるべき位置にあることを確認して、美紀は機長席のヘッドレストに肘をついていたガルベスに顔を上げた。

「ヘルメットを使いますか？　それともヘッドセット？」

「ヘッドセットだ」

言われて美紀は、パネルにかけられていたヘッドセット――マイク付きヘッドフォン――を取った。

ブリッジ部分を自分の頭のサイズに合わせて小さめに調整してかぶり、耳当ての位置を調整して、プラグを無線機に接続する。無線機のスイッチを入れ、作動を確認してから操縦桿についているマイクスイッチを確認する。無線機の周波数は、前に使った時そのままなのか、ハードレイク管制塔《コントロール》の着陸管制に合わせられていた。地上管制の周波数にＶＨＦを切り換えて、管制塔を呼び出す。

「スタークルーザーよりコントロール、こちら飛行準備中のスタークルーザー、聞こえますかどうぞ」

『コントロールよりスタークルーザー、感度良好だ。あんまり時間がかかるから今日は飛行準備だけで終わりかと思ったぜ、ミキ』

管制官のチャンが応答してきた。

「おあいにくさま。日が出る前に離陸の予定だけど」

『遅れるほうに今日の昼飯を賭けよう』

「乗ったわ」

言ってから、美紀はしまったと思った。このあたりで昼飯といったら、アメリアズのあの殺人的に量が多いランチセットしかないはずである。美紀は自分のお腹を見た。

「……ここで仕事してるうちに、体重制限で飛べなくなったりして」

『なに？』

「ミス・ミッキーは食べすぎを気にしてるのさ」

日本語で言ったはずの呟きは、しっかりマリオに翻訳されてしまった。気がつかないふりをして、美紀はディスプレイをチェックした。

「こいつには、会社と連絡を取るためのカンパニーラジオが別系統で付いている」

ガルベスは、センターコンソールに追加されているデジタル通信機の操作パネルを指した。

「双方向通信《ツー・ウエイ・トーク》の、デジタルデータリンク付きだ」

「つまり、どんな飛び方したのか会社に実時間《リアルタイム》でばれるわけですね」

「安心しな。今日はモニターが同乗してる」

ガルベスは、スペース・プランニングのメインオペレーターであるマリオを、肩越しに指してみせた。

「それに、地球の裏側なら、衛星回線でも経由しなければリアルタイムでデータが行くことはない」

「ここら辺だと、直《じか》で回線がつながってるわけですね」

一通りのチェックを終えた美紀はうなずいた。

「それでは教官、エンジンを始動したいと思うんですけど」

「まだだ」

えっと思って、ミキはもう一度ディスプレイをチェックした。各部のスイッチもチェックする。エンジンまわりも、航空電子装備《アビオニクス》も、着陸関係も、スイッチ類はすべて規定の位置に納まっており、障害となるような不具合を伝えるディスプレイの情報も目に入らない。

「マリオ、降りるんなら今のうちだぞ」

「乗っててもいい？」

まるで遊園地の飛行機に乗るような気軽さで、マリオは言った。美紀は、彼が補助席の下に折り畳み式の軽合金製の松葉杖を置いているのを思い出した。

「今日は、午後からしか仕事入ってないんだ」

「ミキ？」

「……わたしは別にかまいませんけど……」

「なるほど」

ガルベスは、機長席側のヘッドセットのプラグを無線機に突っ込んだ。

「スタークルーザーよりコントロール、乗員リストに一名追加だ。マリオが訓練飛行に同行する、リストに書き加えておいてくれ」

『スタークルーザー、了解した。きしょー、オレだって仕事がなけりゃ飛びたいよお』

「待ってろ、車椅子を取ってきてやる」

「ありがとう」

補助席のマリオは、腕の力でまっすぐ座り直すと、シート裏からベルトを出して締め始めた。美紀は、戻ってきたガルベスの顔を見上げた。

「エンジン始動、よろしいですか？」

「まだだ」

ガルベスは、機長席に着いた。シートを前進させて、操縦姿勢をととのえてシートベルトを肩にかける。

「ええと……」

まだ何か見落としがあるのかと思って、美紀はもう一度操縦パネルを見回した。

「あとは、何が？」

「ドアが開けっぱなしだ」

手を伸ばしたガルベスが、乗降ドアの開閉スイッチを入れた。微かなモーター音がして、ドアが自動で閉められていくのがわかる。

「エンジン始動くらいなら構わないと思うのが普通だろうが、こいつは特別製のエンジンを積んでる。エンジンを始動する時は、エアインテイクの前は立ち入り禁止地域だ」

エンジンの出力が上がると、燃料を燃焼させるために取り入れる空気の量も増えることになる。

「よし、エンジン始動シークエンスを始めろ」

ドアが完全に閉じたのをディスプレイ上で確認して、ガルベスが指示した。最近、まともなドアのある飛行機に乗っていないためドアの確認を忘れていた美紀は、今のミスがどれくらいのマイナスに算定されるか考えながら、エンジンの始動を開始した。

まず補助動力である、小さなジェットエンジンを始動する。胴体の最後尾に据え付けられているミニチュアサイズのジェットエンジンは、翼上のメインエンジンに高圧空気を供給する。

そして、機体左側の第一エンジンから始動する。よく整備されているらしく、ゼネラル・ダイナミクス社製のF434DFEジェットエンジンは一発で始動した。回転数を上げ、出力六五パーセントで安定させる。

出力が五〇パーセントに上がった時点で発電機《ジェネレーター》が自動的に作動を開始、機内に安定した電源を供給し始め、同時に補助動力装置がカットされる。給排気温度、燃料の供給状況、油圧などをディスプレイ上に確認して異常なしを口に出してから、美紀は右側の第二エンジンの始動シークエンスにかかった。

機内に聞こえてくるジェットの轟音が二つになる。エンジン左右とも異常なし。

飛行管理装置《FMS》に自機の現在位置を西経と北緯で入力し、美紀はちらりと機長席のガルベスを見た。

「離陸準備完了しました」

「ヘッドアップディスプレイは使わなくていいか？」

美紀は、あっと思って正面に目を戻した。

「できれば……」

「これで表示する」

ひょいと手を伸ばしたガルベスが、いくつか操縦士席に追加されたスイッチを入れた。正面の風防に重ねられた、斜めになったグラスの上にカラーバーがパターンになって表示され、機体速度、機体水平、エンジン出力、機体荷重などが出てくる。

「……戦闘機みたいですね」

「表示の意味はわかるな」

「わかります」

「輝度《きど》はこのダイヤルで調整する。自分の見やすいようにしろ」

美紀は、まだ暗いままの東の空に重ねて表示されているガラス板《HUD》の記号の明るさを、できる限り落とした。上空に上がるころにはすっかり夜も明けているだろうが、それまでは暗さに目を慣らしておいたほうがいい。

「よし、管制塔《コントロール》を呼び出せ」

「了解、コントロールを呼び出します」

操縦桿を握った美紀は、トークボタンを押した。

「スタークルーザーよりコントロール、離陸準備完了しました。離陸許可をください——まだ太陽は出てない？」

『こちらコントロール、スタークルーザーの離陸を許可する。二五滑走路を使ってくれ。——山の上からちらっと太陽が顔を出したところだな』

「あらま」

『今日のところは奢ってやるよ。無事帰ってこれたらの話だが』

「飛行計画に変更はなし。スタークルーザー、移動《タキシング》を開始します。ありがと、ランチセットの時間までには戻れると思うわ」

美紀は一度スロットルレバーを上げてエンジンのふけ上がりを確認してから、ブレーキを解除した。操縦桿のグリップにあるステアリングボタンを押して首脚《ノーズギア》のコントロールを操縦桿に移し、エンジン推力を上げて自力で機体を動かし始める。機体が動き出すと、あとは惰性ですいすい行ってしまうので、再びアイドリング出力に戻して誘導路を滑走路に向かう。

構内最高速度である時速六〇キロをオーバーしないように注意しながら、美紀はスタークルーザーを誘導路を経て滑走路の隅に乗り入れた。滑走路の二五番はほぼ西南西に向かう方向を示す。

滑走路に入ってそのまま速度を殺さずに滑走開始をするランニング・テイクオフでなく、一度機体を停止させて、エンジン出力を最大にしてから走り出すスタンディング・テイクオフの形をとる。美紀は操縦席から中腰に立ち上がって、開閉のできるコクピット横の窓から外に顔を出した。視界のいい戦闘機ならともかく、ビジネスジェットではこうでもしないと翼の作動が確認できない。

「左翼側確認お願いできますか」

「あいよ」

それまで用事がないような顔をして、機長席からイルミネーションに浮かび上がる滑走路を見ていたガルベスが、自分のいる左側のウィンドウを開いて顔を出した。

「右翼、ラダー、エルロン、フラップ、エレベーター、作動確認」

ちょいちょいと操縦桿を動かし、操縦ペダルを踏み込んで、美紀はそれぞれに対応する補助翼の動きを口頭で確認した。その度ごとに、左翼側に顔を出していたガルベスが同じように確認の声を出す。

「離陸準備完了」

シートに戻った美紀は、初めてシートベルトを締め始めた。腰にベルトをはめ、両肩からハーネスを回して締めつける。

美紀は、中央のコンソールに備えられているスロットルレバーに手を当てた。

「いくらなんでも、離陸の時にアフターバーナーは使いませんよね」

民間用のエンジンにはないそのシステムが、軍用のエンジンに換装されたこの機体では、そっくり生きていることに美紀は気がついていた。おそらく全開にしたら、原形よりもはるかに高い加速率とはるかに短い距離で離陸速度に達するはずである。

「聞かないかと思ったよ」

ガルベスがにやりと笑った。

「改造前《もと》と同じ離陸をしたければ、出力八五パーセントも出してやれば十分なんだが、一〇〇パーセントで行ってみろ。加速が早くなるから気をつけろ」

「了解。スタークルーザーよりコントロール、ただいまより離陸開始します」

『コントロール了解。そうそう、最新の裏情報だ。近所の最大手が超音速ステルス機のテスト飛行をしているらしい。こっちのレーダーじゃ追いきれないし、そっちの機上レーダーでも捕まえるのは難しいはずだ。向こうの縄張りに飛び込まない限りは大丈夫だとは思うが、ぶつかったりしないように気をつけてくれ』

「……近所の最大手って、どこ？」

返事が戻ってくるまでに、気の抜けたような間があった。

『エドワース空軍基地だよ、ロジャース乾湖《ドライレイク》の』

「……ああ」

美紀は、ここから飛行機ならひとっ飛び、車でもそんなに離れていないところに、合衆国最大の空軍、宇宙軍、航空宇宙局合同のテスト基地があることを思い出した。

「ステルス機？　そんなもんまだ開発してたの？」

「世の中にはいくらでも、ブラック・プロジェクトのネタが転がってるのさ。このあたりじゃ、正体の知れない新型機や超高速機が飛んでるのは珍しいことじゃない」

自分のシートベルトを確認したガルベスは、ヘッドレスト越しに振り向いて補助席のマリオを見た。マリオは準備オーケーというように親指を上げてみせる。

「よし、行け」

「スタークルーザー、離陸します」

ブレーキをいっぱいに踏み込んだまま、美紀は二本のスロットルレバーを最大出力域に上げた。後ろから聞こえる轟音が目に見えて高くなり、圧倒的な推力を与えられた主脚が押さえつけられるように震え出す。

「滑走開始」

美紀はブレーキを開放した。予想していたよりも早い加速で、スタークルーザーは滑走路上を突進し始めた。

滑走路灯が流れていく正面のウィンドウに重ねられたヘッドアップディスプレイに、機体の水平面を表すグラフィックの横にアナログ表示されるスピードメーターのスケールがどんどん上がっていく。

「V1（離陸決定速度）突破、VR（機体引き起こし速度）」

戦闘機のような加速に舌を巻きながら、美紀は操縦桿を握る手に力を込めた。通常なら読み上げるのにもっと余裕があるのだが、機体が軽いのとエンジン推力が上げられているせいで、あっというまに離陸速度になってしまう。

「V2（安全離陸速度）突破」

全長三〇〇〇メートルの滑走路を四分の一も使わないで、スタークルーザーは地上を離れた。

「車輪格納《ギアアップ》」

美紀はできる限り早く着陸脚を格納した。地上を離れてしまえば、車輪とサスペンションのついた主脚と首脚は空気抵抗にしかならない。

上昇するためと、機体が加速されているためのGを感じながら、美紀は上昇を続けた。エンジン推力に余裕があるから、もっときつい角度でも楽に上昇できるだろうが、飛行前の打ち合わせ通り、三〇度の上昇角を保って空の高みを目指す。

「高度六五〇〇メートルまで上げたら、水平飛行に入れ」

飛行前の予報によれば天気は快晴、レーダーにも視界を遮《さえぎ》るような雲は見えない。大気密度によって変化する揚力によって上昇角を微妙に調整しながら、美紀はできるだけ効率的に上昇を続けて高度六五〇〇メートルを目指した。

推力が増強されているから、最大効率での上昇も速い。ビジネス機というよりも戦闘機に近い上昇力で、スタークルーザーは指定された高度に達した。

水平飛行に入る。スロットルの出力を落とし、すべての機体システムに異常が出ていないことを確認して、美紀は機長席を見た。

「慣熟飛行はいるか？」

「いえ……この機体が飛ばしやすいのはだいたいわかりましたし、わたしが慣れるべきなのはこの機体じゃなくて、リフティングボディのダイナソアだと思いますから」

「よかろう。マリオ、しばらく振り回すから酸素マスクの用意をしておけ」

「了解」

補助席のマリオは、慣れた手つきでシート横のサイドパネルを開いた。無骨なチューブでつながれた酸素マスクを取り出す。

「では、宇宙機の再突入後の着陸パターンを再現する。想定は高度六〇〇〇メートル、速度四五〇ノット（時速約八三〇キロ）から、無動力での着陸進入だ。高度一五〇〇を切ったら脚を出して、滑走路上で出力一〇〇パーセントで再上昇する。最初だから脚を地面に着ける必要はない。なにか質問は？」

揚力の低いリフティングボディー機での着陸進入の手順を思い出して、美紀は正面を向いた。

「コンピューターのシステムの切り換えは？」

「最初はこのままで行こう。振り回すことになるが、できるな」

「できます」

「スタークルーザーよりハードレイク管制塔《コントロール》」

ガルベスが無線に呼びかけた。

「ただいまより、スタークルーザーは着陸訓練に入る。着陸許可をくれ」

『ハードレイク管制塔《コントロール》よりスタークルーザー』

ほとんどタイムラグなしに、管制塔のチャンから返答が来た。

『着陸を許可する。滑走路は二五番、風向、風速ともに変化なし。しっかりやれよ、ミキ』

「了解」

一瞬微笑んで、ミキは無線に答えた。

「では、行ってみよう」

機長席のガルベスが、スロットルレバーに手をかけた。時速三五〇ノット（約六五〇キロ）で水平巡航に入っていた機体を、出力を上げて加速する。同時に、速度が上がるために揚力も上がって高度を上げようとする機体を、軽く操縦桿を押さえ込んで制御する。

「四五〇になったところで、出力をアイドルに落とす。そこまでの動作はこっちでやってやるから、おまえは姿勢のコントロールに集中しろ」

「了解しました」

とは言っても、常にスロットルとスティックに左手と右手を置いている操縦スタイルに慣れているから、右手一本で操縦桿を握っていると、残る左手の置き場に困ってしまう。美紀は、正面の視界に重ねて表示されるヘッドアップディスプレイの速度表示に神経を集中した。

スピードメーターのスケールが四五〇ノット（時速約八三〇キロ）を超えると同時に、轟音とともに機体を押し出していた力強い加速感が消えた。

「行きます！」

美紀は一気に操縦桿を押し込んだ。推力を失ったスタークルーザーが降下を開始する。

「リフティングボディーが、こんなにのんびり急降下するか！」

「はい」

言われて、美紀は逆落としにするくらいの感覚で、スティックに力を込めた。スタークルーザーが岩石落下のような急降下に入った。

「機首を下げすぎだ！　戦闘機でアクロバットしてるんじゃないぞ！」

「はい」

高空のためよくわからないが、地面はスカイダイビングするよりも早い速度で迫ってきているはずである。

「降下角度は二五度、降下率は三六〇〇メートル！　いまのうちは感じを摑《つか》むだけでいい」

「はい」

降下率は、一分あたりにどれだけ機体が降りていくかという数字である。シャトルの降下率は、通常の飛行機の着陸進入の一〇倍を軽く超える。降下角度も同様で、シャトルの着陸進入角度は、通常の飛行機の二度から三度という数字に比べると、墜落しているのに近い。

「始まったわね」

管制塔に上がってきていたチーフメカニックのヴィクターが、あいている管制卓のレーダーディスプレイをのぞいて呟いた。

通常の着陸進入コースのはるか上空から、スタークルーザーを示すSC1のイニシャルをつけた小さな輝点《ブリップ》の現在高度を示す数字が、スロットマシンのように減っている。水平面の速度表示はさほど増えていないから、かなり急角度で降下しているのがわかる。

「もうすぐ見えてくると思いますよ」

管制塔据え付けの、年季の入った高倍率双眼鏡を、スタークルーザーのいる空域に向けながら、チャンが答えた。その昔、軍艦に搭載されていたという代物を、海軍出身の古株が持ってきて据え付けたものである。

「よーし、捕まえた……おーおー、飛ばしてやがる」

機首に埋め込まれたヘッドライトが点灯しているから、明けたとはいえ西の空から降りてくる飛行物体を捕まえるのはさほど難しいことではない。ほぼ正面位置から見ているので速度はわかりにくいが、急降下爆撃でもするように機首を下げていたスタークルーザーが、ぐいっと機首を持ち上げて着陸脚を出した。

「機体は問題ないみたいね」

チャンの横で、こちらは手持ちの可変倍率電子双眼鏡を目に当てていたヴィクターが、サングラスを戻した。

「引き起こし高度、随分高いんじゃない?」

「まだ始めたばっかりですからね。たぶん滑走路に脚を着けずに復航するつもりでしょう」

「あのおちびちゃん、うまくやれるかしら」

音もなく降りてきたスタークルーザーが、おそらく出力最大にしたのだろう。ジェットの轟音とともに滑走路上高度一五〇メートルを駆け抜けた。着陸脚を収納しながら、再び上昇を開始する。

「しばらくはうるさいわね」

ふわあとあくびをして、ヴィクターは双眼鏡を管制卓に置いた。

「なんか出番があったら呼んでちょうだい。GGがついてるんなら、大丈夫だとは思うけど」

それから美紀は、何度もダイナソアの着陸を模した急降下着陸進入をやらされた。同じようなパターンでの進入、復航、上昇して高空でトラフィックパターンに入り再び降下を何度か繰り返してから、ガルベスは高度の指示を一万五千メートルに上げた。

「飛行特性をダイナソアに切り換える。こんどの速度はマッハ〇・九から行くぞ。石みたいに墜ちてくからそのつもりで行け」

「了解」

スタークルーザーは、空の高みが青黒く見える成層圏に向かって上昇を開始した。

高度一万五千メートルの超高空は、通常の民間航空路よりも高い。指定された高度で水平飛行に移ったスタークルーザーの操縦席で、ガルベスはセンターコンソールの一六進法のキーボードに指を走らせた。

「飛行特性を切り換えるぞ」

「了解」

深呼吸して肩の力を抜いて、美紀は操縦桿を握り直した。電気制御式《フライ・バイ・ワイヤー》の操縦システムは、力を入れるとかえってろくでもないことになる。

「3、2、1、GO!」

最後のキーのひと押しで、スタークルーザーの飛行特性が飛行機のそれから、大気圏突入後の宇宙機に変化した。とたんに、スロットルレバーを動かしていないのに、スタークルーザーはゆるやかな降下に入った。

「……と」

同じ飛行姿勢だと、翼のある通常の飛行機に比べて、胴体で揚力を発生するリフティングボディ機はろくに浮かび上がらない。それを思い出して、美紀はスタークルーザーの迎え角を高めにとった。水平飛行に戻る。

「推力を切るぞ」

「どうぞ」

美紀は、フライトディスプレイに目を走らせて機体の現在位置を確認した。慣性航法装置《INS》、衛星航法装置《GPS》連動の航法装置は、ディスプレイの航空地図上に現在位置を表示している。滑走路上で何度か旋回するトラフィックパターンの取り方しだいで、ハードレイクには戻れるはずだった。

「推力カット、エンジンアイドリング」

機体を推進させる力がふっと消えた。ヘッドアップディスプレイ上のスピードメーターがゆるやかな減速を示し、同時に高度計が弾かれたようにその数字を減らし始める。

音速を少し超えたところで巡航していたから、音速域付近で機体が震える。機体が安定する音速以下に機速が落ちるのを待ってから、美紀はスタークルーザーをゆるやかな左旋回に入れた。

「すごい……」

機体傾斜角三〇度、荷重一・五Gという旅客機のようなゆるやかな旋回から機体を戻して、美紀は呟いた。

「どうした？」

「いえ……この操縦感覚、昔乗ったレフレックスとよく似てると思って……」

レフレックスは、欧州宇宙機構が原形を開発した小型宇宙連絡機の民間仕様機である。シャトルとしては第二世代の初期型に属する機体で、大気圏突入後にも姿勢制御のために本来軌道上だけのはずのリ《R》アクション・コ《C》ントロール・シ《S》ステムを使うという操縦性の悪さで、パイロットに知られている。リフティングボディ機の経験が少ない欧州がそんなもの作るから、というのがもっぱらの風評である。

「レフレックス？」

それまで後ろで黙って乗っていたマリオが、初めて声を上げた。

「そこまでコントロール悪くしたつもりないけどなあ」

「いえ、あたし、リフティングボディはあれしか乗ったことがないから」

降下率と機体姿勢、現在高度と位置を確認しながら、美紀は機体を再びゆるやかな左旋回に入れた。

「かなり厄介な機体だそうだな」

「デリケートな操縦しようと思うと、そうなります」

　できるだけきれいな旋回をさせることに神経を集中しながら、美紀は答えた。

「それに、あれはミスしたら反動制御システム《RCS》を使うから、後でデータを調べれば腕の差がもろにわかっちゃうんです。うまい人ほどそういうギミックを使わないで降りられるから。どんな無茶しても、たいがい大丈夫っていうのはよかったんだけど」

　機体を直進に戻す。それが気分の差でしかないことは、スタークルーザーをシミュレーター代わりに使っている美紀にはわかっているのだが、やはり狙っていた飛行経路に一度で乗せるのは難しい。推進力がある動力機ならともかく、滑空だけで降下していくグライダー状態のリフティングボディ機なら、なおさらである。

「うちのダイナソアは、レフレックスよりはましなはずだ。軌道上で推進剤を使い切らなければ、ＲＣＳも使える。もっとも、ここに降りてくる奴なら、制動と減速のための逆噴射以外にはあんまり使わないがね」

「はあ」

　降下角二五度、まるで投げ降ろされた石のように、スタークルーザーは地面に墜ちていく。

最後の左旋回で、美紀は滑走路への最終進入路にぴたりとスタークルーザーを乗せることに失敗した。

「一マイル半（約二・四キロ）ほど左にずれたな」

前方に広がるハードレイクと、その中央に一直線に引かれた滑走路を見たガルベスが言った。

「復航しますか？」

注意深くスタークルーザーの針路を滑走路に向けながら、美紀は聞いた。ここからでも、何とかごまかせば滑走路上に機体を降ろすことはできる。

「いや、最初にここまでできれば上等だろう。もう一度上からやってみようか」

ガルベスは、スロットルレバーに手をかけた。

「いまの操縦感覚を忘れないように。成層圏《うえ》に機体を持っていくのはわしがやる。操縦交代だ、代われ」

「教官に操縦を交代します」

ガルベスが操縦桿を握るのを見て、美紀は操縦桿から手を離した。ダイナソアの飛行特性を再現したまま高空に昇っていくのは効率が悪すぎるから、コンピューターで特性を切り換えたガルベスは、スロットルレバーを一〇〇パーセント域に入れた。

スタークルーザーは、轟音とともに滑走路上をはるかに高く通過《フライ・パス》した。

航空路を通過する民間機、ハードレイクから離陸するビジネス機や着陸する輸送機などに時折、着陸経路を中断されながら、訓練は延々と続けられた。

後半、機載燃料が四〇パーセントを切って機体が軽くなってくると、ガルベスは、それまで接地寸前に上昇させていた美紀にタイヤを接地させるように指示した。

「リフティングボディ機での接地直後再離陸《タッチ・アンド・ゴー》だ」

高度一万五千メートル、亜音速で水平飛行に入ったスタークルーザーの操縦室で、ガルベスは美紀の顔を見た。空調は低めの温度に調整してあるが、美紀はじっとりと汗をかいている。

「行けるか？」

「行けます」

機体を直進させながら、美紀は答えた。

「よし。できないと思ったらすぐに中止《アボート》しろ。今度はスタート速度も上げていくぞ」

ガルベスは、スロットルレバーを出力一二〇パーセントまで上げた。機体速度の上昇を検知したコンピューターが、自動的に機首の前翼《カナード》を引き込む。速度が上がると、それだけ機首を頂点とする衝撃波の円錐《コーン》が小さくなるから、そこからはみ出すカナードは最悪の場合吹き飛んでしまう。このカナードは、速度が音速以下に下がると自動的に飛び出すようにセットされている。

最初の降下では、最終進入での機体引き起こしが早すぎたために、着陸脚接地のタイミングを失って再上昇することになった。

およそ二〇度から二五度の角度で滑走路めがけて急降下してきた機体は、最後の最後で機体を引き起こし、降下角度を通常の飛行機並みに押さえなければならない。しかし、操縦性も反応も悪いリフティングボディ機ではタイミングを読むのが難しい。

次は、逆に機体引き起こしが遅すぎて、滑走路を過ぎてから着陸するようなタイミングになったために再上昇した。

しかし、続く三回、美紀は連続してスタークルーザーを滑走路に接地させ、さらに再上昇させることに成功した。

「まだ接地位置が一定しないが、まあ、初日ならこんなもんだろう」

上昇するスタークルーザーの中で、ガルベスは今日の訓練終了を美紀に告げた。

「残存燃料も少なくなったことだし、今日はこれで上がりだ」

「え……これで？」

まだ何度かやらされる覚悟をしていた美紀は、機長席の教官に気の抜けた顔を向けた。

「安心しろ、明日も朝から飛んでもらう。降ろすのはやってやるから代われ」

「了解しました——できますけど？」

「そっちの操縦感覚は、リフティングボディに慣れちまってるはずだ。それに、そろそろスタミナが底をつくころだろう」

機体の操縦特性を通常に切り換えて、ガルベスはスタークルーザーの操縦を代わった。そのまま水平飛行に移り、管制塔に訓練終了を告げて着陸許可を取る。朝九時にチャンと交代した女性管制官は、いつもと変わらない挨拶でスタークルーザーに着陸許可を伝えた。

美紀は、今日の自分の出来を考えながらガルベスの操縦を見ていた。そう悪い出来ではなかったという思いは、しかし、ガルベスの技術を見ているうちに徐々に消えていった。

滑走路上でのトラフィックパターンから降下して最終進入という、飛行の初歩の初歩で行うような動作を、ガルベスは実に滑らかに確実に行っていく。

飛行特性がダイナソアに切り換わってからはともかく、それまでの美紀は、ロールスロイスの運転手《ショーファー》のように丁寧にスタークルーザーを飛ばしていたつもりだった。しかし、ガルベスの操縦はかなり敏感に調整されているスタークルーザーをゆっくりとバンクさせ、外を見ていなければ気がつかないような旋回でコースを定め、気をつけていないと感じられないような降下で、地面に近づいていく。

滑走路への最終進入も、機体の引き起こしもごく自然に当たり前のように行われ、まるで魔法の絨毯《じゅうたん》のコントロールを見ているような手際だった。

いつタイヤが地面に着いたのかわからないような接地後、延びきっていた首脚と主脚のストラットがゆっくりと機体重量を受け止めて縮んでいく。美紀は溜め息をついた。

「凄い……」

「ん……？」

こんどの英語での呟きは、ガルベスの耳にも入った。

「いえ、こんなところで魔法の絨毯に乗れるとは思ってませんでした。なんて滑らかな着陸……」

機体を減速させながら、ガルベスはちらりと美紀の顔を見た。

「年の功だ。――魔法の絨毯か。久しぶりに聞いたな」

「乗せてもらったのは初めてです。……ははは」

話の接ぎ穂を失って、美紀は力なく笑った。

「こんな操縦見せられると、自信なくなっちゃうな」

「見てるだけでわかるのなら、素質はある。あとは、やる気と、まあ」

機速が構内安全速度まで落ちるのを確認して、ガルベスは主翼のスポイラーとエアブレーキ代わりに垂直に近い角度まで下げていたカナードを通常に戻した。操縦桿をステアリングモードに切り換え、アイドリングするエンジンの推力だけで動いているスタークルーザーを誘導路に乗り入れる。

「年季だな」

大きめに旋回角を取り、スペース・プランニング格納庫前の駐機場でスタークルーザーの機首をぐるりと回して、ガルベスはエンジンをカットした。コンピューターを飛行《フライト》モードから駐機《パーキング》モードに切り換えると、自動的に機体各部のチェックが始まる。

「よお、ご苦労さん」

開いたドアから、仕事明けらしいチャンが機内に入ってきた。

「かなり、しごかれてたようだな」

「そうでもないわよ」

操縦士席側のスイッチを次々と駐機位置に切り換えながら、美紀は答えた。

「ちょっと待ってて、すぐ終わるから」

「ヴィクターに伝えることはある？」

補助席でシートベルトをはずしたマリオが、仕舞い込んでいたラップトップコンピューターを開きながら言った。アクセスパネルを開いて、ファイバーケーブルを接続する。それがチーフメカニックの名前であることを思い出して、美紀は機体チェックを終えたコンピューターディスプレイに目を落とした。

「ありがとうって伝えといて。不具合はどこにもないわ」

「わかった」

「さてと」

シートを後ろにスライドさせて、ガルベスは機長席から立ち上がった。

「今日の訓練はこれで終わりだ」

「はい」

「チャン、手を貸してやれ」

「はいよ」

マリオを手助けするのだろうと思って、美紀はシートをスライドさせて、操縦士席から立ち上がろうとした。

「あ、あら……」

よろけて、センターコンソールに倒れ込みかけた美紀は、チャンの腕に支えられた。

「おっと、大丈夫かい」

「大丈夫よ」

自覚がないから、美紀はチャンの腕を振り払って立ち上がろうとした。足がよろけてうまく立てず、シートにへたり込んでしまう。

「無理すんなって、あんなハードなトレーニングのあとだぜ」

チャンはあらためて美紀に右腕を差し出した。

「どうぞ」

軽くチャンをにらみつけて、ヘッドレストとセンターコンソールに手をかけて自力で立ち上がろうとして、美紀はもう一度シートに座り込んでしまった。手はともかく、両脚にうまく力が入らない。

「今日だけだからね」

しかたなく、美紀はチャンの腕をとった。意外にたくましい腕に引っ張りあげられるようにして、操縦席から立ち上がる。

「……そんなに、ラダーペダルに力入れてたつもりないんだけどな」

「リフティングボディは、普通の飛行機と比べて方向安定性もよくないからなあ」

「どこに手え回してんのよ」

「狭いんだから、ぶつかんないように気をつけろよ」

「余計なお世話よ」

「それじゃGG、マリオ、またあとで」

チャンに抱きかかえられるようにして、美紀はスタークルーザーの操縦室から出ていった。


「ちょっと待って……」

やっと駐機場に降り立った美紀は、そのまま車にエスコートしようとするチャンを押しとどめた。

「機体のチェックしないと」

「そう言うと思ってたよ。俺の車に乗ってから、機体のまわりを一周してもできると思うけど？」

通常、機体チェックは時計回りに飛行機のまわりを一周して行う。操縦席を見上げた美紀と、操縦室内のガルベスの目があった。あとは任せろというように手を振る。

「……ここまで来て手を抜きたくないわよ」

よろよろと、磨きあげられた複合素材の外壁に手をついた美紀は、機体チェックを始めた。普段ならあちこちの様子を見ながらでもそんなに時間がかからない作業を、今日はやたらに時間をかけて行う。

美紀がチャンの車に乗ることをやっと同意したのは、スタークルーザーのどこにも異常がないことを確認してからだった。

「どお？　ランチ食べる気力は残ってる？」

スティングレイのエンジンをかけたチャンが聞いた。まだ機内に残っているガルベスとマリオが気になるが、美紀にはもうやることはない。

「もちろんよ」

本当はベッドに飛び込みたかったのだが、美紀はことさら元気に胸を張ってみせた。

「よおし、じゃあ行ってみよう」

チャンは意外におとなしく、V8のオープンスポーツカーを発進させた。

「どうだ？」

ガルベスは、マリオが開いているラップトップのディスプレイを覗き込んだ。フライトコンピューターから、マリオのコンピューターの中にいまの飛行の記録が吸い取られていく。

「そっちこそ、どうなのさ」

データがコピーできたことを確認して、マリオはコンピューターの接続を切り始めた。

「いつもより文句が少ないように見えたけど？」

マリオは、チャンの飛行訓練にも同乗したことがある。

「乗ってればわかるだろう。あのお嬢ちゃんは、チャンよりも丁寧に飛ばしてる。もっとも、SS資格のパイロットにしちゃあ、リフティングボディの飛ばし方に芸がないような気がしたが」

「垂直面の動きは、だいたいこんな感じだよ」

マリオは、ラップトップのカラーディスプレイに飛行経路を図式化したグラフィックを表示した。

「これが第一回、引き起こしが早すぎたやつ」

空中から地上に点々と伸びてきたラインが、地上にタッチする手前で引き起こされた。

「んで、第二回、第三回。……確かに、あんまり飛行経路は一定していないんだよね、この間ずっと気象条件は安定してたんだけど」

滑走路にタッチしない線がいくつも重ねられる。

「滑走路に接地してからのデータを見せてくれ」

「こんな感じになるけど」

キーボードに指を走らせたマリオが、データを切り換えた。

「やはりな」

すべてのラインはほぼ並行しているものの、接地地点はあまり一定していない。飛行経路も、細かい修正が目立つ。

「わかりやすいように、飛行経路はけっこうデフォルメしてあるけど」

本当にうまいパイロットだと、幾度着陸訓練を繰り返してもまったく同じラインを描くことができる。コンピューターに記録された美紀の飛行経路は、あまり一定していない。

「まあ、筋はいいから、このまま飛ばしてもなんとかなるとは思うが」

「うちのパイロット連中と比べると、ほんとに几帳面《きちょうめん》に飛ばしてるから、機体の心配はしなくてもいいんじゃない？」

「問題は非常事態の対応だ。昔っから若い奴はパニックると白くなっちまう奴が多い。――あの嬢ちゃんが前にどんな仕事をしたか、調べられるか？」

「何とかなると思うよ」

「調べてみてくれ。どんな経歴か見れば、だいたいの見当はつく」

「……信じられない……」

ぼーっとしていたせいもあってうっかりチャンに注文をまかせた結果、美紀は昨日と同じ巨大なステーキランチセットを目の前にすることになってしまった。ところが、ものの一時間もたたないうちに、美紀は出された料理をすべて平らげてしまったのである。

「絶対食べ切れるはずないと思ってたのに」

「午前中いっぱい着陸訓練してたんだぜ」

こちらは美紀よりのんびりしたペースで付け合わせのサラダをかたづけながら、チャンが言った。

「あのまま体重計に乗ったら、四～五ポンドは体重減ってたんじゃないかな」

「そうか……」

美紀は、少し減っただけでもすぐウェイトレスが注ぎにくるアメリカンコーヒーに景気よくクリームを放り込んだ。

「惜しいことしちゃった」

「元気出てきたようじゃないの」

「そりゃ、少しはね」

お腹が一杯になると、体力的にも精神的にもだいぶ余裕ができたような気がする。美紀は、窓の外に目をやった。駐車場の向こうの誘導路を、煤《すす》けた塗装の四発プロペラ輸送機が動いていく。

「ガルビオ・ガルベスって、あの人凄いパイロットね」

「艦載機のあとはテストパイロットしてたくせに、総飛行時間が三万時間を超えるっていう化け物みたいな人だからね」

一般に、軍用機――それも航続距離《あし》の短い戦闘機や試験機に乗るパイロットは、飛行時間の長い定期旅客機や輸送機のパイロットに比べると、飛行時間を稼ぐのが難しい。総飛行時間が三万時間というのは、民間の定期便《ライナー》パイロットでも滅多にいない。

「……いったい何してたの、あの人？」

「いろいろとやってたみたいよ。山岳飛行士やら、密輸屋《ブロッケード・ランナー》やら」

「……軍属の人じゃなかったの？」

「だからさ」

チャンは困ったように肩をすくめてみせた。

「いろいろとやってたみたいよ、軍でも、他でも」

「へえ……」

美紀は考え込んだ。飛行時間にしても、腕にしても、普通のパイロット生活をしていて身につけられるものとは思えない。

「ガルベスだけじゃなくって、他にもいろいろと怪しげな経歴の人がごろごろしてるからね、ここは」

チャンは、ジーンズのポケットからメモを取り出した。

「さて、午後の予定だけど、まずドクトル・マイバッハのところに健康診断にいく。これは、予約をしてあるから」

「診断書は先に送ったはずだけど？」

「何もトラブらなければ、六日後には星の世界に我が社の命運を賭けて送り出そうってんだぜ。パイロット資格に通り一遍の健康診断書だけじゃ、危なっかしくって信用できるかい」

重要なミッションの場合、宇宙飛行士は打ち上げられてからの発病を防ぐために、打ち上げ前には隔離状態に置かれることもある。

「ここしばらくは、風邪もひいたことないんだけどな」

「打ち上げ前にドクトルのところで健康診断受けるのは、ここの儀式みたいなもんだ。それから、うちで船外活動《EVA》用の宇宙服の寸法合わせと、それが終わったら今回の任務に関するレクチャー。衛星軌道《うえ》上に持ってく荷物は、いまのところ明日の昼には届く予定だから、それによっては細かい変更があるかもしれない」

「変更が？」

ほとんどの宇宙ミッションは、年単位のタイムスケジュールを組んで行われている。土壇場の打ち上げになって、天候その他の要因でスケジュールが狂うことは珍しくない。しかしそれ以前、本番に至るまでの道は膨大な時間と莫大な予算を必要とするがゆえに、がっちりと固められているのが普通である。

「かなり急いだスケジュールらしいからねえ。ミキに来てもらったのも、本来のスケジュールだったらうちの宇宙飛行士で間に合うはずだったのに、スポンサーが強引なスケジュールの繰り上げを打診してきたからなんだ。社長がまた、割増しの契約金に目が眩《くら》んでうけちゃったもんだからさ」

「なるほど……」

かなり突然に飛び込んできた仕事である理由の一端を、美紀は了解した。

「荷物は、どうやって来る予定なの？」

「フェデックス（大手運送会社のひとつ）のチャーター便で、シアトルから飛んでくる。うちのダイナソアに積める程度の荷物だから、そんなでかい機体じゃないと思うけど」

「ふうん」

美紀は窓の外に目をやった。

「……あれかな？」

美紀の遠い目を見て、チャンは視線の先を追いかけた。見ると、青い空にライトを点灯した四発機が、はるか彼方から降下してくる。

「あれ?」

チャンは、常時持ち歩いている小さな単眼鏡を取り出して目に当てた。

「今朝までの飛行計画には入ってなかったけどな、管制塔で見た感じだと」

フェデックスことフェデラル・エキスプレスのロゴをカラフルに書き付けた白塗りのターボプロップ機が、最終着陸進入に入った。さほど大きい機体ではないが、一人乗りの宇宙機で軌道上に運び上げられる程度の荷物を輸送するには充分である。

「あの機番は精密品を運ぶのに使われる特別仕様機……」

急な環境変化や振動、衝撃を嫌う精密機械やデリケートな貨物を運ぶ場合、専用に改造された特別機が使われる。貨物室に特別な衝撃吸収装置が設けられており、パイロットも専用の訓練をうけたものが特別丁寧に飛ぶことを求められる。

そんな特別機の数は大手運送会社といえどもそんなに多くはなく、だいたいいつも同じ機体が飛んでくることになる。

「三日後に打ち上げ予定のオービタルコマンドの探査衛星は、とっくにシャトルに積まれて最終チェック中のはずだし、うちのあとは二週間くらい打ち上げの予定は空くはずだから、しばらくはその手の機械が届くはずはなし、と」

チャンは記憶しているハードレイクの宇宙ミッションをチェックしてみた。

「……うちの荷物かな？」

呟いているその横で、隣の席に丸めておいた美紀のジャケットの中で携帯電話がぴこぴこと呼び出し音を鳴らし始めた。ちいさなインカムをポケットから取り出した美紀が、リモコンのイヤホンを耳に当てる。

「はい、ハヤマです――ああ、ミス・モレタニア。はい……はい、わかりました。いまアメリアズで、チャンといっしょです。――わかりました、食事が終わり次第、格納庫に行きます」

電話を切って、美紀はイヤホンを耳から抜いた。

「当たりだわ。持ってく荷物、届いたみたい」

美紀は、チャンの運転するスティングレイでスペース・プランニングの格納庫に戻った。すでに格納庫の前の駐機場に、磨き上げられたフェデックスの四発ターボプロップ機が機尾の貨物室《カーゴベイ》を開いている。大袈裟な無振動コンテナ車がゆっくりと姿を現した。

「ああ、来たわね」

フェデックスの制服を着た乗組員と何事か話し込んでいたヴィクターが、チャンの車から降りてきた美紀を見つけて手を振った。

「届いたわよ、あなたの荷物」

小柄なトラクターに引かれて駐機場に降りてきたコンテナ車を指す。美紀は、ゆっくりと傾斜路《ランプ》を引かれて降りていく二両編成のコンテナ車を見ている。

「交換と補修用の部品と、それから資料、コンピューター、その他いろいろ。これでやっとカーゴ・ベイの寸法合わせ《フィッティング》ができるわあ」

「荷物はあれで全部ですか？」

格納庫の中に引かれていくコンテナ車を見送った美紀が聞いた。無振動コンテナは通常のコンテナと比べると実効容積が小さいから、標準型のパレットふたつ分といってもそっくりそのままというわけではない。

「機械部品関係は、あれで全部って話よ」

書類挟みの受け取りにサインしたヴィクターが、リストをめくった。

「直前になって、いくつか仕様変更の部品が飛び込んでくる可能性はあるけど、まあ、気にしてたらきりがないわ。はい」

ヴィクターは、小脇に挟んでいたリストの一冊を美紀に渡した。

「カーゴ・ベイ閉めちゃってから追加部品が届いたりしたら、軌道上《うえ》で作業のついでに入れ換えてもらうしかないの。飛び込んできそうなところはチェック入れといたから、いちおう目を通しておいてね」

「はあ……」

美紀は、渡された分厚い雑誌ほどもあるリストをめくって溜め息をついた。前日に、電話帳ほどもある今回の飛行計画書を渡されたばかりである。

「努力は、しますけど……」

X-DAY　マイナス5

格納庫の一番奥、二四時間作動させっぱなしのエアカーテンによってクリーンルームとしての最低限の条件を保っている一画で、その機体は作業台《ドリー》の上で手元に影を作らないようなカクテル光線を浴びていた。

「ボーイング社製、空中発射型宇宙機SB-911C、通称ダイナソア『C』。今のところ、スペース・プランニングで一番新しい機体よ」

きれいにクリーニングされている作業服を身につけたヴィクターは、誇らしげにずんぐりした機体を見上げた。

「乗員は最低一人から最大六人まで、ペイロードも到達高度も細工しだいでいろいろと変えられる、ほんとよくできたいい子なんだから」

「はあ……」

言葉遣いの端々《はしばし》に不穏なものを感じながら、美紀は機体の下半分が耐熱素材である強化カーボン・カーボンの黒一色で覆われたリフティングボディを見上げた。

機体そのものの大きさは、寸法的には戦闘機ほどしかない。しかし、揚力を翼でなく機体そのもので発生するリフティングボディ機だから、実効容積は三倍近く、最大機体重量も戦闘機よりはるかに大きい。

「同じ機体があとふたつあるけど、ふたつともいまは星の上。残ってるこの子のメインエンジンはミツビシのLE－11A、このクラスの液体酸素／液体水素二段燃焼サイクルのエンジンとしては一番の性能よ。今回は静止衛星軌道まで上がるっていう、この子にとって限界近いミッションだけど、きっと何とかなるわ」

民間用のシャトルとして最初期にボーイング社の航空宇宙部門で開発された小型シャトルは、前世紀に合衆国空軍が独自に開発していた宇宙往還システムを現代風にアレンジしたもので、ニックネームも先代そのままにダイナソア計画と呼ばれていた。

ビジネスジェットクラスの人員と貨物を軌道に運ぶというコンセプトと、必要に応じて地上からロケットで打ち上げることも、空中からブースターで発射もできる多様性、民間の訓練体制でも慣熟できるくせのない操縦特性、各国各社の多様なエンジンを搭載できるオプションの広さなどが受けて、二十一世紀のDC－3と呼ばれている。

DC－3は二十世紀の前半に登場して最大のベストセラーとなったプロペラ輸送機で、民間の定期便から軍用の空挺、対地攻撃機まで、とにかく何にでも使われた。もっともシアトルのボーイング本社ではDC－3は前世紀でライバルだった飛行機会社の機体だったこともあって、この渾名《あだな》は歓迎されていない。

「ダイナソアと二段燃焼サイクルエンジンって、一番強力な組み合わせですね」

「そうよ。他のところみたいに、もっと使用目的絞れるんならこんな高価《たか》いオプションつけなくてもいいんだけどね」

衛星軌道まで持ち上げる機体重量を極限まで減らすために、着陸脚は可能な限り軽量化された簡略なものが取り付けられている。サスペンションも必要最低限のストロークしかないし、タイヤや着陸脚もごく小さく作られているから、作業台の上に載せられていてもダイナソアは低くうずくまって見える。

「これが、あなたとこの子を星の世界に連れてってくれるメインエンジン」

基本型は先の尖った三角形だが、かなり複雑な曲線を持っている機体の後方に回ったヴィクターが、その中央から後ろに向いているロケットエンジンに目を細めた。

地上の一気圧から宇宙空間の真空まで使用条件が変わる地上発射型のロケットエンジンと違い、空中発射型宇宙機のロケットエンジンはおおむね高度一万メートル前後、三分の一気圧から真空の間で使われる。

したがってジンバル制御式のパラボロミック・ロケットノズルの形も、低圧から真空の間、とくに真空で最大の効率を発揮できるように形が変わっており、かなり広がって寸詰まったノズルになっている。

「小型機用だから前作のLE－9シリーズより推力は落ちてるけど、その代わり比推力五〇〇なんてイカサマみたいなエンジンはこれだけだからね。それでも、今回の条件だと静止軌道までぎりぎり何とかやっと昇れるだけなんだけど」

自分の命と会社の収益を預ける宇宙機のまわりを一周してから、美紀とヴィクターはダイナソアの機内に入った。機体の下面と側面は、大気圏突入の高熱に耐えるための耐熱タイルと強化カーボン・カーボンに覆われているから、乗り込みハッチは機体上面にしかない。

先に機内に入ったヴィクターが、機内灯のスイッチを入れた。開きっぱなしの乗降ハッチと、操縦室まわりのウィンドウから外の光が入っていただけの機内の各部が、強めの照明で照らし出される。

ラダーステップから操縦室に乗り込むと、標準仕様では並列複座の配置になる操縦席は、機体の真ん中にひとつだけ備えられていた。あまり広くない操縦室の後ろは、ミッションによっては予備シートや必要とされるコントロールシステムが配置される。そのため、運び込まれた操作パネルやらまだ接続していないコンピューターやら梱包を解いただけの予備部品やら、引っ越し直後のアパートのように足の踏み場もない。

「散らかってるけど、ごめんなさいね」

操縦室内を見回す美紀の心中を見透かしたように、ヴィクターが言った。

「こんなミッションでもなければ、もう少しすっきりするところなんだけどね。今回は時間最優先で、おまけに他の機材がまだ届いてないから、おもちゃ箱ひっくり返したみたいなことになってるのよ」

「まあ、一人だから大丈夫だと思いますけど」

器用に荷物の間を抜けていった美紀は、カーボンケプラーの軽量耐Gシートに座ってみた。

座り心地は悪くないが、ここで重力を感じている時間は、母機とともに地上を離れてから軌道上に上がるまでと、大気圏突入の前後の減速期間と突入後の着陸シークエンスくらいしかない。

「シートの具合はどお？」

飛行時間が少ないのか、ほとんど新品同様の内装に追加された計器パネルの固定の具合を確かめながら、ヴィクターが聞いた。あちこちからファイバーコネクターやら未固定のパネルなどがぶら下がっている。

「だいぶ前に出したつもりだけど、全部のスイッチに手が届く？」

シートを操縦位置にスライドさせて操縦桿に手をかけ、ラダーペダルに足を伸ばした美紀は、意外に簡単に操縦姿勢が取れたことに驚いた。あまり背が高いほうではないから、のっぽ揃いの肉食人種に交じると、かならず埋没してしまう。飛行機だけでなく車でもうまくポジションを取れることは少ない。

ヘッドコンソールの上のスイッチにまで手を伸ばして楽に指先が届くのを確認して、美紀はシートの後ろのヴィクターに振り向いた。

「ぴったりです。でも、どうして……?」

「人のサイズ見るのは特技なの」

「え……?」

意味ありげに笑われて、美紀は思わず自分の胸を押さえた。

荷物の間を抜けてきたヴィクターは、美紀の横から手を伸ばしていくつかスイッチを入れた。操縦席の正面に大小合わせて五面並ぶディスプレイに灯が入り、正面のウィンドウに重なるヘッドアップディスプレイに基本ソフト起動を示すロゴが出る。

「ヘッドアップディスプレイの角度はこれでいい?」

「あ、はい」

美紀はシートベルトを締めた状態を想定して、バックレストに背中を押し当てた。シートの横から目線を見たヴィクターが、透明な投影板であるヘッドアップディスプレイの角度を微妙に調整する。

「はい、それで大丈夫です」

「他のところの使い方はわかる?」

ヴィクターは、腰に手の甲を当てて、精密機械で囲まれた操縦室を見回した。ウィンドウは前面と、上部に備えられている。

「大丈夫です」

標準的に使われている宇宙機の操縦方法は、マニュアルを読んで一通り覚えている。しかし、元が高価な宇宙機は、使用目的や使用者によって特別注文的《オーダーメイド》な改造を施されることが多く、操縦系統やコンピューターも特製のものを積んでいることが多いから、必ず役に立つとは言えない。

「今回のミッションの基本スケジュールは、コンピューターに入ってるわ」

ヴィクターは、操縦席のアームレストの中に収納されている薄型のQWERTY式のキーボードを、美紀の目の前に引き出した。

「今回のミッションの基本軌道も中に入《インストールして》ってるわ。ご覧の通り、まだ整備中で動かないけど、それ以外ならシミュレーションもできるわよ。やってみる?」

「もちろんです」

美紀は即答した。ヴィクターはにっこり笑って、コンソールの上に置きっぱなしになっていた分厚いファイルを操縦席の美紀に渡した。

「はい、マニュアル。わからないところがあったら聞いて」

「わかりました」

ざっとマニュアルを開いて第一章を斜め読みした美紀は、ページを開いたファイルを膝の上において、キーボードを叩き始めた。

「いまの状態なら、事務所のメインコンピューターにつながってバックアップしてるから、妙な操作して飛ばしちゃっても大丈夫だからね」

「そんなことはしません」

答えたものの、美紀はディスプレイから顔も上げない。

「それじゃ、どうぞごゆっくり」

操縦席に美紀を置いて、ヴィクターはラダーを昇ってダイナソアから出ていった。

「あ、待ってください」

機外に出たヴィクターは、乗降ハッチから顔を出した。

「なに？」

「モニターカメラは生きてるんですか？」

宇宙機には、機内や機外の状況を監視するためのモニターカメラがいくつか備え付けられているのが普通である。

「生きてると思うわよ。電源はつながってるし、壊れてるって話は聞いてないし」

「切っといていいですか？」

美紀は、はにかむように笑った。

「見られてると思うと、恥ずかしいから」

「構わないわ」

手を振って、ヴィクターは機外に消えた。

美紀は、あらためて操縦パネルと向かい合った。打ち上げまでに、この機体を子供時代の部屋のように自分のものにしなくてはならない。

ヴィクターは、データディスクやら必要書類やらの山を抱えて事務所に戻ってきた。入り口のミス・モレタニアに手を上げて、電子機器とジャンクで囲まれたマリオのデスクに向かう。

「あの子、ダイナソアに入ったけど？」

「わかってる」

ガルベスと一緒にディスプレイを覗き込んでいたマリオが、顔も上げずに答えた。

「いま、今回のミッションの予定表を確認してる。自動制御《機械任せ》の飛行が多いからね、自分の腕が必要とされるところをリストアップして、そこを重点的に練習するつもりだと思う」

マリオは、サイズもタイプもばらばらのディスプレイが置いてあるというよりは積んであるような一画を、肩越しに指した。いくつかのディスプレイには灯が入っており、そのうちひとつがダイナソアの飛行状況をコンピューター上に表示している。

「これが今回のミッションに関する追加データ。あとでこっちのメインコンピューターと、ダイナソアのほうにも入れといてね」

「そこの箱に入れといて」

マリオは、車椅子が通れるだけのスペースを空けた後ろに積んである、日付と作業内容の書いてある段ボール箱のひとつを指した。いくつものミッションを、場合によっては同時並行でこなさなければならないから、こうでもして分類しておかないと仕事がこんがらがってしまう。

「それじゃ、おあとよろしく」

箱にはりつけられたメモの内容を確認して、ヴィクターはまだ半分ほどしか書類やデータディスクが入っていない段ボール箱の中に、持ってきた荷物を入れた。

「それで、どうなんだ？」

マリオと一緒にディスプレイを覗き込んでいたガルベスが聞いた。

「それが、妙なんだよね」

マリオは、リズムよくキーボードを叩いている。インターネットに接続されているディスプレイ上の画面は、目まぐるしいほどの勢いで次々に切り換わっていく。

「ミキ・ハヤマのSS資格のライセンスは、一年半前に欧州宇宙機構《ESA》のパリ本部で発行された本物だ。ついでに言うと、飛行機のほうの免許はアメリカでとってる。こっちも連邦航空局《FAA》発行の紛れもない本物。けど、実際に宇宙《そら》を飛んだかどうかっていうと、どこにも記録が出てこない。五回も宇宙飛行したって言ってたんだよね、彼女」

あちこちに構築されているコンピューターネットワークを一通り当たってみたのだが、それらしいデータにはまだ出会っていない。マリオは情報狩りや裏技にも精通しているから、並みの代理検索サービスよりもよほど効率よくデータを探し出せるはずである。

「あの子がSS資格とってからここに来るまで、どこで何してたかわかれば少しは調べやすいと思うんだけど、そこまでやってみる？」

「あいつの名前で出ているフライト・プランをピックアップできれば、少なくとも足取りはつかめるだろうが……」

ガルベスは首をひねった。マリオがあとを引き取る。

「それも、民間の航空便を使っていればわからないし」

バン・アレン帯の内側、宇宙放射線の影響が比較的少ない低軌道なら観光目的のシャトルも飛んでいる時代だが、それでも宇宙に出ていく人類の数はさほど多くはない。そして、そのほとんどのミッションは様々なメディアを通じて公開されているから、内容も参加した人員の名前も調べられるはずだった。

逆に、美紀の持っているSS資格から辿《たど》っていままでの経歴を探ることもできる。しかし、マリオの検索では、それでも美紀の宇宙飛行士としての経歴は白紙のままだった。

「考えられる可能性としてはふたつ。公開されていない秘密の飛行をしたのか、でなければ……」

それ以外の可能性を言外に匂わせて、マリオは言葉を濁した。ガルベスは腕を組んだ。

「GGの目から見てどうなのさ。彼女は信用できる宇宙飛行士なのかい？」

「ふむ……」

「腕のほうは何も問題ない。だが……」

ガルベスの目が、様々な情報を映し出しているディスプレイを見回す。その横に、ダイナソアの中で今回の任務のシミュレーションをしている美紀のデータ映像が来ている。シミュレーション上のデータを見ると、ダイナソアの現在高度は三四〇キロ、静止衛星軌道へのトランスファー軌道に入って上昇を続けている。

ガルベスは呟いた。

「こりゃ、とんでもないジョーカーをひいちまったかな」

「社長に聞いてみる？　彼女の手配をしたのは社長だろ？」

「まあ、社長の手配だから、基本的な間違いはなかろうが」

ガルベスは、ガラス窓で仕切られている社長室に目をやった。午後だから、いかに低血圧のジェニファーといえども、いつも通りならもう起きているはずだが、社長室にその姿は見えない。

「でも、社長が連れてくる人材って、実力はともかくいろいろと問題があったりするから……」

ガルベスはじろりとマリオをにらみつけた。マリオは気にもしないで続ける。

「そのおかげで苦労させられるのって、だいたいぼくたち地上要員《グラウンド・クルー》なんだよ。問題があるなら、手が届くうちに何とかしたいよね」

「宇宙空間てのは、そもそも、まっとうな手段でたどりつける場所じゃねえんだ」

ガルベスは低い声で言った。

「楽して相手してやろうなんてほうが間違ってんだ。ここまで、会社じゃ人死にを一人も出してないって幸運のほうに感謝しとけ」

「でも、起きる可能性のあるトラブルは解決《シュート》できるうちにつぶしておけってのも、GGが言ってるんだよ」

「ああ」

ガルベスは、もう一度、ダイナソアのデータが映し出されているディスプレイに目をやった。時間節約のためにシミュレーションを早送りしたらしく、ダイナソアはもうすぐ高度三万六千キロの静止衛星軌道に乗ろうとしている。

「そんなことも言ったな」

X－DAY マイナス4

コンベアB－58ハスラーは、スペース・プランニングの所属機としては最大の機体である。前世紀にゼネラル・ダイナミクスに吸収合併されて消えてしまったコンベア社の、デルタ翼を備えた四発爆撃機である。

ただし、超音速で飛べる爆撃機というだけでそれ以外にあまり使いみちがないため、軍用機としては長い期間使われないまま退役し、カリフォルニアの砂漠地帯にある空軍基地にまとめて保存されていた。

民間で、空中から衛星軌道へのロケット打ち上げができるようになったとき、業者の多くは、母機となる機体を安上がりな中古機に求めた。条件は搭載能力、そして、高速で高空に昇れること。

余剰機が大量に保管されていたアメリカ空軍の重爆撃機、ボーイングB－52は、エドワース空軍基地で古くから空中発射母機として使われていることもあって、最初のうちはよく売れた。しかし、軍用の八発重爆というその性格上、エンジン整備に民間用の四発機よりはるかに手間がかかることもあって、最近は敬遠されている。

ロシア製の機体は、頑丈であることと機体が安いこともあって、旧式な民間用の旅客機、輸送機とともによく使われている。

一部の宇宙業者たちは、その昔製造され、忘れられかけていた珍しい機体に目星をつけた。高度二万メートルをマッハ三で巡航するという前代未聞のコンセプトで計画されたものの、結局計画は中止され、残ったのは博物館に保存されている一機だけという、ノースアメリカンXB－70バルキリーの払い下げを、オハイオ州のデイトン空軍博物館に交渉しにいった強者もいる。

民間で扱えるような中古の大型超音速機の種類は、そう多くなかった。そして、ガルベスは、全長三〇メートル、軌道母機として使うにはかなり小さい、昔の超音速爆撃機に目をつけた。

似たようなことを考えた業者は他にもいた。空軍としてもとっくに機密解除されたまま放置されているスクラップに値段がつくことには異存がなく、数機のB－58ハスラー爆撃機が、保管されていた予備部品とともに民間に払い下げられた。

爆撃機としてのB－58ハスラーは、当時技術的に困難だった超音速飛行を実現するために、極限まで切り詰めた機体設計を持っている。そのため機内に爆弾倉を持たず、三角翼《デルタ》に挟まれた胴体の下に流線形の爆弾ポッドを吊り下げるような構造となっていた。

軌道母機に、外装の爆弾倉は不必要である。爆弾を収めるためのポッドを取り去り、代わりに固体ブースターや小型のシャトルを下げれば、空中発射母機になる。大型機ではないので、発射できるロケットのサイズも限られる。しかし、高空まで高速で昇っていける機体は、装備できるブースターや搭載できる推進剤の制限があっても、それを補うだけの初速と発射高度をシャトルやカプセルに与えることができる。

C整備《分解》から上がってきたばかりのエンジンテストのため、スペース・プランニング所属のハスラーは、ハードレイクから離陸した後、西に針路をとって太平洋上に出ていた。陸上で超音速飛行をすると、衝撃波による騒音公害――雷鳴のような轟音が飛行経路に撒き散らされる――が起きるため、民間機の超音速飛行は主に洋上でのみ許可される。

本日の飛行の機長はガルビオ・ガルベス、操縦士はミキ・ハヤマの名前が飛行計画《フライト・プラン》に記されていた。

「老いぼれにしちゃあよく飛ぶだろう、この機体は」

操縦席は与圧されているが、軍用機の伝統にしたがって、二人のパイロットはジェットヘルメットと酸素マスクを着けていた。

原形の直列三座席から、航空電子《アビオニクス》装備の発達と主要任務の変更、使い勝手その他の理由で、ハスラーは直列二座席に改造されている。最後尾の機関士席は廃止され、代わりに機内タンクが増やされている。

視界のいい前席は美紀に任せ、ガルベスは耐熱ガラスの面積は増やされているものの、あまり視界のよくない後席で、ハスラーをコントロールしていた。

「ずいぶん改造してますよね、これ」

本来のコクピットには備えられているはずのないディスプレイに、計器板の機能の大部分が置き換えられている。ヘッドアップディスプレイまで追加されている前席で、美紀はこれだけはもとと同じらしいコントロールホイールを握っていた。

「当たり前だ。もとのまんまじゃ、空中発射母機なんて仕事危なっかしくてできるかい。スペース・プランニングじゃあ、この機体でダイナソアを静止衛星軌道まで上げる推進剤まで持っていこうってんだからな」

口を動かしながら、後席のガルベスはディスプレイの表示を次々に切り換えて、エンジンの調子をチェックしている。

「エンジンを最近の強力なやつに換装して、機体構造もだいぶ強化した。外装もだいぶ換えたが、結局いくらエンジンを強化したところで、熱的限界が先に来ちまう。あとは使い捨ての耐熱塗料を分厚く塗り込むくらいしかやることはないな」

飛行機の速度が上がれば上がるほど、大気の断熱圧縮で機体表面の温度が上がってくる。上昇した温度をそれ自体が蒸発することによって発散させる耐熱塗料を塗り込めば、機体の熱的限界を上げることができる。しかし最低でも厚さ一センチ、場所によっては二～三センチ以上も分厚く塗り込めなければならないような耐熱塗料では、実用性には乏しい。

「よおし、吸排気温も各タービンにも異常はない。高度二万一千メートルまで放り上げて、エンジン全開にしてみろ」

「了解しました」

美紀は、無造作にスロットルを一〇〇パーセントの全開にした。わずかに機首を下げてゆるい降下に入り、重力の力を借りてあっさりと音速を突破してから上昇に移る。

機体に対するエンジンの余剰推力が大きい。普通の機体のつもりで上昇させていると速度の上がりが早すぎるような気がして、美紀は上昇角を大きめにとった。加速Gと、上昇による重力の変化を背中で感じながら、一直線に上昇していく。

いかに超高空、超高速仕様に改造されている機体といえども、高度二万メートルを超えるような成層圏に昇るのはかなり大変だろうなと思っていた美紀の予想は、簡単に裏切られた。

「いったい、どんなエンジン使ってるんです」

エンジン関係のディスプレイに目を配りながら、美紀は聞いた。スタークルーザーのパワーにも驚いたが、こちらは大きな機体が力任せに上がっていくため、より力強いような気がする。

「普通のターボファンだ。熱対策ができているわけでもない機体に、マッハ五も一〇も出るようなスクラムジェットを仕込めるか」

大気圏突入時の、プラズマに包まれるような高熱に耐えられる熱対策を施していない機体では、そんな高速で大気を圧縮することにより発生する熱に耐えられない。

「でも、もとから付いていたエンジンじゃありませんよね」

美紀は、左側のパネルのスロットルレバーに手を当てた。昔は四本あったはずのレバーは、エンジンがコンピューターで制御されるために今は一本しかなく、しかもいろいろと怪しげなスイッチが追加されている。

「ゼネラル・エレクトリックのF－100、それも」

インカムを通じて聞こえてくるガルベスの声が、嬉しそうな笑みを含んだ。

「聞いて驚け、アフターバーナー付きだ。他にもいろいろ付いてるがな」

「……これも戦闘機用ですか」

美紀は溜め息をついた。スタークルーザーといい、このハスラーといい、旧式とはいえ現用機にも使われている軍用のエンジンを、いったいどこから持って来るのだろう。

「ブースター付きの重い宇宙カプセル抱えてこんなところまで上がってくるにはな、最低でもこれくらいのパワーは必要なんだ」

機体が音速を超えているから、機内はかなり静かである。あっというまに高度二万一千メートルに達したハスラーは、超音速を維持したまま水平飛行に入った。

上昇に使われていた余剰推力が、こんどは機速を上げ始める。速度とともに上昇する揚力のために指定高度から上昇しないように機首を押さえながら、美紀はヘッドアップディスプレイに表示されるマッハ数を見ていた。アフターバーナーは使っていないのに、マッハ計の数字は簡単に二に近づいていく。

「見ろよ」

後席のガルベスが、のんびりと声をかけた。

「すぐ上に宇宙が見えるぜ」

言われて、美紀はヘッドアップディスプレイの外に広がる風景に目をやった。成層圏もこの高度まで上がってくると、空の蒼《あお》は地球の丸みに沿った水平線近くにしか残っていない。海の藍《あい》から一度明るい青に変わった空は、立ち上がるにつれて、急速にその色を濃くしていく。

頭上に広がる空は、昼間でもほとんど黒い。

「マッハ二を超えました。まだ加速中」

正面の風防の耐熱ガラスを通しても、極低温のはずの高空大気が圧縮されて高熱になり、機体の外板が熱くなってきているのがわかる。

機外は零下六〇度の超低温、与圧されている機内はエアコンディショナーで二二度前後に調整されているのに、分厚い耐熱ガラス越しに弱い熱線をヘルメットと酸素マスクの間に露出した目のまわりの皮膚で感じることができる。

そして、その外には、暗い空と、太陽と、いくつかの星が見える。

空の青は、太陽の光が空気中の粒子によって散乱させられた色である。成層圏の上層部では空気があまりに希薄なため、光は散乱せず、太陽も星も月も、生のまま光り輝いて見える。だから、飛行機乗りと宇宙飛行士は、蒼い空が、直径一万三千キロの地球の表面にわずかに薄く張りついたほんの狭い空間にしかないことを知っている。

「ここでアフターバーナーなんぞ入れようもんなら、簡単にマッハ三を超しちまうぜ」

ガルベスは、手元のディスプレイで機械各部の温度上昇を確認している。強化カーボン素材に置き換えられた機首のレドームや主翼、尾翼の前縁部などは、少々の温度上昇にはびくともしない。

「もっとも、そんな真似したら熱膨張で機体構造が膨らみすぎて、どこから空中分解するかわかったもんじゃないが」

「マッハ二・二、速度安定」

マッハ計の数字の上昇が止まるのを見て、美紀はスロットルの位置を確認した。まだこの上に非常時にのみ使用ができる出力一二〇パーセントの緊急出力——ただし設計許容限度を超えるため短時間の使用しか許されない——があり、さらにその上に推進炎に燃料を放出して一時的に推進力を倍加するアフターバーナーがある。

「爆撃機《ボンバー》より総司令部《ヘッドクオーター》、こちらハスラーのＧＧだ」

ガルベスは、ハードレイクの事務所との直通回線であるカンパニーラジオの回線を開いた。

『はあい、こちらヘッドクォーター』

「ジェニファー?」

てっきりマリオか、それとも整備責任者のヴィクターが出るものと思っていたガルベスは、思わず腕時計を確認した。

「いったい何が起きたんだ、まだ午前中だぞ」

『昨日、ちょっと呑みすぎたのよ』

FM回線で聞こえてくる社長の声は暗く沈んでいる。

『おかげで早く目が覚めちゃって……あたしが起きてるのがそんなに珍しい?』

「いや、そういうわけじゃないが、格納庫で爆発事故でも起きたのかと……」

『いまのところ、ハードレイクは無事よ。ヴィクターはおとなりさんに呼び出されたんで、あたししか手空《てす》きがいないの。必要なら呼んでくるけど?』

「いや、いい。戻ったら、ジェットは全域でばっちりだって伝えてくれ」

『了解したわ。ミッキー、調子はどう?』

反射的に、美紀はコントロールホイールの通信《トーク》ボタンを押した。

「はい、大丈夫です、けど」

「カンパニーラジオは双方向通信《ツー・ウェイ・トーク》だ」

ガルベスが声をかけた。

「あ、失礼」

会社との直通通信は、電話と同じで、いちいちボタンを押す必要はない。

「飛行機もわたしも異常ありません」

『そお、よかったわ。GGのトレーニングはハードなので有名だから』

無線の向こうで、社長は笑ったようだった。

『大切な仕事の前に、宇宙飛行士壊されちゃったらしょうもないからね。適当に手を抜いて頑張んなさい』

「はあ」

了解しましたとも言えず、美紀は曖昧な返事をした。

「戻りの時間は変更なしだ」

後席のガルベスが言った。

「無線は空けとくから、急用でもできたら呼び出してくれ」

『了解』

遠いハードレイクから返答が戻ってくる。

「さて、ハスラーのミッションプロファイルだが」

ガルベスは説明を再開した。

「荷物抱えて上昇するときは、ここからさらにアフターバーナーを焚《た》いて上昇する。目一杯ふかして高度三万、速度マッハ三てところだ」

スロットルに手を当てたままの美紀の心中を見透かしたように、ガルベスが言った。

「これだけでも並みの空中発射母機より高度、速度ともかなり稼いでるわけだが、それで足りない場合は、もう少し上にあがる」

「これって、ただのターボファンジェットですよね」

美紀は驚いて確認した。速度も高度も、通常のジェットエンジンとしては限界に近い。

「それ以上、どうやって……ロケットブースターでも付けるんですか?」

空中発射母機は、宇宙空間に向けてロケットを発射するというその任務のため、発射時に大仰角を要求されることがある。一部の母機では、高空からさらに急角度で上昇するために、機尾にロケットエンジンを追加しているものもある。

「アフターバーナー以外にいろいろ付けてるって言っただろ」

ガルベスは笑ったようだった。

「星に手が届くように必死になって背伸びしようってときに、重苦しいロケットブースターなんか持っていけるか。あとの整備が面倒だってヴィクターの奴が嫌がるんだが、アフターバーナーと一緒に液体酸素《LOX》を吹き込むんだ」

「え……」

美紀は絶句した。

「だって、超高空で空気は薄い、揚力もジェットも当てにできないって状態だぜ。てめえで酸素吹き込んでやるくらいしか、飛び上がる手はない。エンジンは傷むが、その代わりフルアフターバーナーで液体酸素《LOX》を追加してやれば、重いダイナソアをブースター付きで抱えていても推力重量比が一を超す。燃料さえ保《も》てば、そのまま大気圏外にだって飛び出せるんだがね」

推力と機体重量の比率が一より大きくなれば、飛行機は推力だけで重力に逆らって飛んでいくことができる。戦闘機はだいたい一より大きい推力重量比を持つため、翼に頼らない機動ができる。

しかし、宇宙に駆け上がるロケットやシャトルは、自重の三倍以上の推力を絞り出すエンジンを持っている。しかもその推力重量比は、推進剤を消費するにつれてどんどん上昇していく。

「空荷で弾道飛行なら、宇宙の底に手が届きますね」

液体酸素《LOX》を使った場合の推力とハスラーの自重を計算して、美紀は言った。液体酸素《LOX》を機内タンクに搭載するとなると、その量はさほど多くはないはずである。最高速度も、地球脱出速度にははるかに及ばないから、衛星軌道には到達できない。

「ああ。翼の舵《かじ》が効かなくなる高さだ。だが、お前さんはその上に行くんだろ」

言われて、美紀は頭上に果てしなく広がる黒い空を見上げた。その目がどこまで見ているのか、後席のガルベスからは見えない。

「ひとつ、聞いてもいいかね？」

「……なんですか？」

訓練の時と少し違った口調に、美紀はわずかに緊張した。

「お前さん、なんであんな所まで行こうなんて考えた？」

職業選択の理由を聞かれたような気がして、美紀は思わず肩越しに後席を振り返った。

ヘルメットと酸素マスクの上に高空での紫外線よけのサンバイザーまで下ろしたガルベスの表情はまったく見えない。ディスプレイのチェックをしたガルベスは、前席に顔を上げた。

「考えてもみな。こぢんまりした無人機を放り上げるんならともかく、人間を軌道上《うえ》まで持ち上げるには、いろいろと余分な仕掛《ギミック》けが必要になる。水や食料だけでなく空気、生命維持に必要な電力や、帰ってくるためには再突入カプセルや耐熱設備まで持っていかなきゃならない。そんな手間までかけて、わざわざ人間が乗り込まなきゃならない理由ってのは、なんだ？」

「……宇宙船の操縦には、人間が必要だから……」

「ＳＳ資格まで持ってる宇宙飛行士なら、それがお題目にすぎないことなんて、先刻承知の上だろう」

ガルベスはのんびりと言った。

「軌道変更でもランデブーでも、大気圏突入だって無動力で滑空しての着陸進入だって、コンピューターにまかせたほうが正確かつ確実にコントロールできる。何より人が乗ってなければ、事故ったり帰れなくなったりしても、たいした問題にはならない。まあ、だからって無茶していいってわけじゃないが」

インカムでつながれた回線に、息を継ぐだけの間が流れた。

「打ち上げ設備にしたって宇宙カプセルにしたって、有人ってだけでいきなり手間と金が一桁跳ね上がる。それに高真空、高放射線、極端な温度差に無重力。そんなひどい環境に、なんでわざわざ生身の人間が出かけていかなきゃならないんだ？」

「それは……」

ガルベスの意図を測りかねて、美紀は口ごもった。

「人にしかできない仕事がある、から……」

後席で、ガルベスは溜め息をついたようだった。

「お前さんは、なんであんな所に出ていこうって考えた？」

「GGは、なんで飛ぼうって思ったんです？」

美紀は思わず問い返した。

「ここだって超高空だし、紫外線だって強いし超低温で、到底人間の生きていける環境じゃありません。それなのに、どうしてこんなところに来ようなんて考えるんです？」

「わしゃあパイロットだぜ、お嬢ちゃん」

答えはすぐに返ってきた。

「より高く、より速く、より遠くってのは本能みたいなもんだ」

「それは、宇宙飛行士だっておんなじです」

酸素マスクの中で、美紀は口をとがらせた。

「より遠くへ、より速くっていうのは、宇宙飛行士だって……」

「わしは、空を翼で飛ぶことが好きなんだ。真空のだだっ広い空間を、重力と推進剤を計算しながらちまちま飛ぶのは、わしの趣味じゃない」

「……宇宙空間に出たことはないんですか？」

美紀は、てっきりガルベスが宇宙飛行士の経験者だと思っていた。

「亜軌道高速機のテストパイロットをしていたことがある」

「わあ」

地上から発進し、そのまま地球脱出速度に近い高速にまで加速するものの、衛星軌道には乗らず、弾道軌道で目的地に向かう実験機である。

衛星になれるほど高い速度を必要とせず、地球上の二点間を結ぶには充分な速度で、なおかつ飛行経路の大部分が高空から空気のほとんどない超高空を通るため燃料効率もいい。また、弾道飛行の頂点付近で子機を放出させる軌道母機としても期待されていた。

「それなら、宇宙機みたいなもんじゃないですか。無重力の時間だって充分以上だし、なにより、亜軌道っていっても宇宙空間に出るじゃないですか」

「宇宙空間の、ほんの下のほうを撫でた程度のもんだ。まあ、それでも充分地球じゃないどこかに墜ち続ける空間てのは見えるけどな」

「それなら、なぜ宇宙空間に出てくのかわかるはずです！」

美紀は、知らないうちに自分の声のボリュームが上がっていることに気がついた。

「自分で宇宙空間を見たのなら……」

「そのとおりだ」

美紀はその時、背筋が冷えるような不思議な感覚を覚えた。

「自分の目で宇宙と地球を見た飛行士なら、なぜ、宇宙に出ていくのか、自分の言葉で話してくれるんじゃないかと思ったんだがね」

「え……」

美紀は、自分が間違いをしでかしたことを知った。直接、飛行に関わる会話ではないし、操作ミスを犯したわけでもないが、ガルベスの話を最初から間違えて聞いていたのかもしれない。

「それは、あの……わたし、日本人で、宗教とかあんまり……」

「わしも無神論者だ。御先祖さまはアフリカ人だからな。さあて、ジェットの慣らし運転《シェイクダウン》はこんなもんでよかろう。こいつを回して、機首をアメリカ大陸に向けてくれ」

まるで何事もなかったかのように、ガルベスが美紀に指示した。

「了解しました」

美紀は、ガルベスとの会話の意味を考えかけて、頭を振って心配事を追い払った。目の前の操縦に集中しようとする。

超音速飛行中は、機体にかけられる荷重も制限される。三〇度の機体傾斜《バンク》で、美紀はゆっくりとハスラーを旋回させ始めた。


「ありゃあ、飛んでないな」

夕食後の社長室。低血圧のジェニファーにとっては、これからが本格的な勤務時間帯である。スイッチは入っているもののその後作業をしていないために、スクリーンセイバーの南の島の風景が映し出されているコンピューターディスプレイと、机の上だけでなくそのまわりにまで散らかされた目を通すべき書類とファイルの山の中で、とにかく作業スペースを空けようと奮闘していた社長は、ガルベスに顔を上げた。

「なんですって？」

「あのお嬢ちゃんだ。SS資格の宇宙飛行士って触れ込みだそうだが、少なくとも、わしの見たところ、あのお嬢ちゃんは実地に宇宙に出た経験はない」

「もう五回も飛んだって聞いたわよ」

デスクの上にこれ以上いろいろと積むのはあきらめて、しかたないから椅子の横にあれこれ積み上げ始めた社長が答えた。

「マリオはそう聞いたらしいがな。彼女の履歴書は見たのか?」

「だと思うけど?」

「どこにある?」

「ええと……」

作業の手を止めたジェニファーは、社長室のドアを入ってすぐのところに積み上げられている未処理の書類と手紙、その他の山に目をやった。

「あの中にあると思うんだけど」

見やって、ガルベスは溜め息をついた。そのまわりにも読みかけの雑誌だの前回のミッションの時の報告書だのマニュアルだの、いろいろと積んである。いまから探し始めたとして、明日の朝までに目的の書類が見つかる保証はない。

「本人に言って、見せてもらったら? ここにあるのはしょせん送られてきたコピーだし」

「いや、それは……」

それを確認するのは、ガルベスの仕事ではない。

「まあ、どうせSS資格が本物なのは確認している。そもそも、彼女はなぜここに来たのだ?」

「いつもと同じよ」

ジェニファーは困ったように肩をすくめた。

「いつも通り、ワシントン《DC》のデイトン将軍に、SS資格持ってる宇宙飛行士で使えるの、誰でもいいから紹介してって頼んだのよ。そしたら彼女が来たの」

ジェニファーの父の昔からの友人であり、ガルベスの昔の上司でもあった退役中将は、人材の紹介以外にもいろいろとスペース・プランニングの役に立ってくれている。

「それで、腕のほうはどうなの?」

二〜三回キーボードを叩いて、データ表示を回復させたディスプレイから顔を上げたジェニファーが聞いた。

「今回のミッションに、何か問題でもありそうなの?」

「腕に関しちゃ、何も心配することはない。ありゃあ、生き残ればいいパイロットになるぜ」

「生き残ればって、戦場じゃないんだから」

ジェニファーは苦笑いした。

「同じ台詞を、ガーランド大佐からも聞いたわ。オービタルコマンドの」

「軌道上《うえ》の生存条件てのは下手な戦場より厳しいんだ。なにより、地球上ならどこだって空気がある」

「まあとにかく」

ジェニファーは胸の前で手を打ち合わせた。

「腕に問題なければ、気にすることないじゃない。どこで何をしてようが、してなかろうが、いまあたしたちに必要なのは、目の前の仕事をこなしてくれる宇宙飛行士なんだから」

「仕事内容さえ合えば、経歴も所属も不問か。何やら外人部隊じみてきたぜ」

「GGの腕の保証があるんだもの、こちらとしては、仕事をきっちりかたづけてもらえれば何も心配することはないわ」

ジェニファーは、オフィスの方向に目をやった。

「ミス・モレタニアも同じ意見だと思うけど？」

「地面の上で帳簿相手にしてる奴は、それでもいいんだろうが」

ぶつくさ言いながら壁際に立ったガルベスは、四面あるディスプレイにCNN、衛星放送のその他が映しっぱなしになっている情報システムの棚に手を伸ばした。テレビや衛星放送のチューナー、無線機などが重ねられて棚の一画を占領している。ガルベスは何の気なしに無線のスイッチを入れた。

軌道上《うえ》にいるはずの会社の所属機の交信が入るかどうか、しばらくダイヤルを動かしてみてから、ガルベスはチャンネルを切り換えた。

「んん？」

「どうしたの？」

ガルベスはニュース番組を映し出している他のチャンネルを見て、現在時刻を確認した。

とっくに日は暮れており、今日はもう会社の所属機のフライトはないはずである。

「ダイナソアC号機の電源が生きてる。ヴィクターがまだいじくってるのか、それとも、あの娘っ子がまだ粘ってるのかな？」

聞こえるように、ガルベスはカンパニーラジオのボリュームを上げた。オフィスのすぐ下にある格納庫から、操縦室の美紀がチェックリストを読み上げる声が聞こえてくる。

「『娘っ子』みたいね」

あちこちの書類をひっくり返していたジェニファーが、手を休めた。

「まじめでいい子だと思ってるんだけどな、あたしは」

「否定はせん」

ガルベスは、感度最高のままの通信機のディスプレイを見た。

「――C号機の中に、もう一人いる」

「チェック」

作業台の上に固定されたままのダイナソアの中で、持ち込んだパイプ椅子で予備コンソールの前に座っているチャンは、ディスプレイ上の項目にライトペンを走らせた。

「オール・クリア」

わずか一日で、ダイナソアC号機の機内は、改装前の実験機から任務に合わせた実用機に模様替えされていた。

単座席《シングル・シーター》の操縦席のまわりには高軌道に上がるための航法装置と対宇宙線用の防護壁が追加されており、宇宙機の内側に装甲が追加されたようなものものしい雰囲気になっている。そして、運び込まれただけだったり、仮止めされたりしていただけのコントロールパネルや追加のシステムは、すべてきっちりセットアップされ、すぐにでも本番の飛行に飛び立てるようになっている。

もっともそのおかげで、ダイナソアを載せた作業台のまわりは、梱包を解いたパッキングやら隔壁材やらで埋められていたが。

「いまので静止軌道に移行したぜ」

ディスプレイ上で軌道相関図を切り換えたチャンが、操縦席の美紀に告げた。

「どうする？　このあとのランデブーまで手動で試すつもりかい？」

「……それは、やめとく」

美紀は、肩のベルトをはずして操縦席で伸びをした。本番なら、はずしたベルトは浮き上がるはずである。

「不確定要素が多すぎるわ。本番でも正確にこの位置にドリフトできるって決まってるわけじゃないし、それに、最後の接近以外は多分、地上《ここ》の補助《アシスト》受けて半分自動でやることになるだろうし」

「そうすると、次は外に出て実地作業ってことになるけど、どうする？」

「贅沢言えば、実物大の模型《モック・アップ》使ってリハーサルしたいところだけど、ここにはそんな設備ないものね」

「ここの気候で無重力プールなんか作ったたって、あっというまに水が蒸発しちまうよ」

衛星軌道上の無重力、あるいは微小重力空間を地上で再現するには、昔ながらの水を満たしたプールが使われている。深さ五メートル、あるいはそれ以上のプールに軌道上にあるものと同じ設備をそっくり沈めて、浮力調整した宇宙服を着て潜り、作業訓練を行う。

前世紀からたいした改良もなしに使われている方法だが、他に地上で簡単に無重力を模擬する方法はない。

「それに、たかだか放送衛星の定期点検程度の仕事でいちいちそんなことしてたら、うちみたいな弱小はやってられないぜ」

チャンは、作業手順をディスプレイ上に呼び出した。

「どうする？　手順の確認だけでもやっとくかい？」

「アームで衛星とこっちを固定したら、メンテナンスハッチをあけてコネクター接続、あとのソフトの書き換えは自動でやってくれるから、こっちはその間に船外活動《EVA》の用意して部品交換と必要なら機械の面倒も見る、そんなところでしょ」

美紀はバックレストに背を預けたまま、すらすらと言った。チャンは手順に合わせて画面を高速でスクロールさせる。

「まあ、問題はその船外活動《EVA》なんだけど。予定じゃ、休憩入れて八時間とってあるぜ」

「打ち上げ寸前になって他の仕事が飛び込んできたり、ランデブーが終わってからサービスの追加をされたりするんでなきゃ、三〜四時間の仕事だわ」

「そりゃたいした自信だな。賭けるかい?」

「なにを?」

「そう……もし、既定の七〇パーセント以下の時間で船外活動《EVA》を終わらせられたら、帰還後、最初のディナーを奢ろう」

「もしそれより時間がかかれば、勘定はあたし持ちってことね」

美紀は、難しい顔で操縦パネルに乗り出した。

「……このそばって、あの店しかないの?」

「お気に召さない?」

「いえ……」

美紀は自分の腹部に視線を落とした。

「そういうわけじゃないんだけど、ちょっと、体重が心配で……」

「何なら車で街に行ってみるかい？　ＬＡまで行けばいくつもレストランがあるぜ」

「無事帰ってきてからの話ね」

美紀は、ディスプレイに静止軌道からの降下経路を出した。低衛星軌道ならともかく、地球脱出速度寸前まで加速する静止軌道からでは、かなり大がかりな減速をしないと地球に戻ってこられない。

「マッハ四〇で大気圏突入しなきゃならないのよね」

「こんな高地球軌道《ＨＥＯ》は初めて？」

「ええ、まあ……」

美紀は曖昧に答えた。高度二〇〇～三〇〇キロの低衛星軌道と、高度二〇〇〇キロ以上の高衛星軌道とでは、上昇するのに必要な推進剤の量が大きく違ってくる。それにかかる経費も跳ね上がるから、高軌道飛行は有人も無人も頻繁には行われない。

「いいなあ。静止軌道まで上がれば、地球が一日で見えるって話だぜ」

直径一万三千キロの地球からほんの二〇〇～三〇〇キロしか離れない低衛星軌道では、地球に近すぎるために、その全貌を一度に視界に収めることはできない。

「記念写真でも撮ってくる？」

美紀はいたずらっぽく笑った。

「船外活動《EVA》中は無線がつなぎっぱなしだから、上向いてVサインでも出してくれれば写真撮ってあげるわよ」

「どうだった?」

「なにが?」

「宇宙空間さ」

聞かれて、美紀はチャンに振り返った。

「いずれは自力で行きたいと思ってんだけどね。どんなところなんだ、宇宙空間てのは。怖いところだって聞いたけど」

「きれいなところよ」

美紀はヘッドアップディスプレイに目を戻した。かすかに色のついた耐熱ガラスの向こうに、ブースタータンクを載せたトレーラーが見える。打ち上げ寸前まで、そのタンク内に推進剤が満たされることはない。

「……とっても」

「え……?」

美紀は幸せそうな溜め息をついた。

「とっても、きれいだった。まだ子供のころだったけど、それだけは覚えてる」

「……え……？」

「もうそろそろばれてることだと思うから、白状しちゃうけど」

妙な顔をしているチャンに、振り返った美紀ははにかむように微笑んだ。

「実は、これが最初の飛行なのよ、自分で宇宙に上がるのは」

チャンはぎょっとした顔で美紀を見た。

「ちょっと待てよ、それじゃ宇宙飛行士のＳＳ資格ってのは……」

「ああ、それは本物。これでも成績はよかったんだ」

「だ、だけど……」

「そんなに驚くことないじゃない」

何でもなさそうに言って、美紀は操縦パネルに目を戻した。

「これで実地作業のひとつもこなせば、立派にプロの宇宙飛行士だって大手振れるんだけど、資格持ってるだけの、コネも実績もないパイロットに回ってくる仕事なんてなかなかなくてね。そしたら、ここが大至急で年齢経験性別不問で宇宙飛行士探してるっていうから……」

シート越しに振り向いた美紀は、ぺろりと舌を出してみせた。

「ここだけの話にしといてね。ここまで来るのに、こーんなに時間かかっちゃったんだから」

「……それはいいけど……」

冷や汗をぬぐって、チャンは操縦席横の通信パネルを指した。

「さっきから、カンパニーラジオ、入りっぱなしなの知ってる？」

「……え？」

美紀は通信パネルに目を走らせた。シミュレーション上のダイナソアの飛行経路がオフィスのコンピューターと連動しているのは承知していたが、パネルのディスプレイは会社との直接通信に使われるカンパニーラジオが通信状態になっていることを示している。

「しまった……それじゃいまの会話……」

「筒抜け」

チャンは自分の首に手刀を引いてみせた。

「え、ど、どうしよう、誰か聞いてたと思う？」

チャンは腕時計を見た。

「この時間なら社長は仕事中だし、今日はミス・モレタニアも残業だって言ってたし、マリオもなんかソフトの改造があるって言ってたから……」

「みんな、まじめに仕事しててくれてるかなあ」

チャンは難しい顔で首を振った。

「無理なんじゃないかなあ、うちの場合」

「邪魔するわよ！」

どたどたーと足音がタラップを駆け上がるなり、ヴィクターがハッチから顔を出した。

「ちょっとあなたたち、いまの会話ほんと？」

「ほら、聞いてた」

「え、ええと、あの……」

美紀は、困り顔のチャンと顔を見合わせた。

「どうするんだ」

ガルベスは、カンパニーラジオの通信ディスプレイから目を離さない。

「ばれちまったぞ」

「そおねえ……」

目の前に上げたレポートで口もとを隠して、ジェニファーは首を傾げた。ノックの音も荒々しく、いきなり社長室のドアが開かれ、ミス・モレタニアが飛び込んで来る。

「社長！　聞いてました、いまの⁉」

「あちゃー……」

ジェニファーはレポート用紙を上げて、隠れようとした。

「どうするんです！　あのパイロット、宇宙飛行は今回が初めてだって！」

「聞いてたわよ——そうみたいね」

あきらめて、ジェニファーはレポート用紙をデスクの山に戻した。

「ああ、契約料が妙に安いから、もっと疑えばよかった。いまからじゃ、他の飛行士の手当てなんかつくかどうか、社長いったいどうする気です！」

「だからさ、保険一杯かけとけば、儲かるかもしれないわよ」

「実績ゼロの宇宙飛行士に生命保険かけさせてくれるようなお人好しの保険会社が、西海岸のいったいどこにあるっていうんです！」

「心配ないと思うわ」

ジェニファーは、通信システムの前に立っているガルベスに目をやった。

「少なくとも、パイロットとしての腕に関してはＧＧのお墨付きが出てるから」

「ミッションの成功を保証したわけじゃないぞ」

「一〇〇パーセントの成功が保証されてる仕事なんて、どこにもないわ」

「安全確実、信用第一って、うちのモットーはいったいどうなるんです！」

「たかが、放送衛星の定期点検じゃない。人跡未踏のフロンティアに送り出すわけじゃなし、そんなややこしいミッションてわけでもないし、それに……」

ジェニファーは、デスクにあるはずの電話を探してみた。書類に埋もれて見えない。

「いまから新しい宇宙飛行士なんか探してたら、最悪、このミッションそのものを遅らせなきゃならなくなるわよ。違約金の交渉なんかしたくないし、その場合、信用第一っていううちのモットーはどうなるのかしら」

「社長！」

ミス・モレタニアは、たまりかねて声を上げた。

「はいはい、何とかしなきゃならないわね」

椅子を引いて、ジェニファーは立ち上がった。壁の情報システムに立ち、カンパニーラジオのマイクを取る。

「社長室よりダイナソアC、ちょっとお邪魔していいかしら？」

『はい、ダイナソアC』

職業的な反射神経で、すぐに反応したのはヴィクターだった。

『すいません、いまちょっと取りこみ中なんですけど』

「その取り込み中の話に興味があるの。仕事が一段落してるようだったら、みんなで上がってきてくれない？」

返信が戻ってくるまで、スピーカーに短い静寂が流れた。

『わかりました、すぐ行きます』

「ミス・モレタニア？」

マイクをラジオに戻して、ジェニファーは振り向いた。

「いまのC号機の会話、オフィスで聞いていたのはあなただけ？」

「マリオも聞いてたと思いますけど」

ジェニファーは、ガラス窓で仕切られているオフィスに目をやった。デスクのまわりを電子機器で囲った電子の要塞は、社長室からでは中の様子がわからない。

「わかった。ちょっと待ってて」

ジェニファーは社長室から出ていった。

電子の要塞のそばに近づいただけで、ものすごいスピードでキーボードを叩く音が聞こえてきた。

「ハイ、ちょっといい？」

後ろに回って、ジェニファーはコンピューターラックをノックした。

「……何か用？」

キーボードを叩いていたマリオは、片耳からだけマイクロヘッドフォンを引き抜いた。

「……別に、用ってほどのもんじゃないんだけど」

ディスプレイに向いたままのマリオの後ろで、ジェニファーは腕を組んだ。

「あなたが調べてた、宇宙飛行五回の実績の真実が聞けるかもしれないわよ」

マリオの手が止まった。

「……興味ない」

「ほんとに？」

返事をしないで、マリオは再びキーボードを打ち始めた。

「まあいいわ。聞いてればいいんだし……」

ジェニファーは、どこがどうなってるのかさっぱりわからないマリオのデスクまわりに目をやった。山のように積まれたディスプレイだけでなく、あちこちに飛行機の操縦席や航法席から剝がしてきたような計器パネルが追加されており、それらすべてが飾りでなく、それぞれの機能を持たされているらしい。

「聞けるんでしょ？」

「カンパニーラジオから回線つなげば聞けるから、聞けっていうんなら聞いてるけどね」

ぶっきらぼうに答えたマリオに、ジェニファーは微笑んだ。

「聞いててちょうだい。あとで何か、意見聞くかもしれないし」

「わかった」

無表情に答えて、マリオはまたキーボードを打ち始めた。

「ハイ、来たわよ」

ドアが開いて、作業衣姿のヴィクターが入ってきた。後からチェックリスト片手のチャンと美紀が事務所に上がってくる。

「ああ、いらっしゃい」

ジェニファーは軽く手を上げた。

「ウォーレンは？」

「C号機のカーゴベイで荷物のフィッティングをしてるわ。早いとこ済まして戻ってきてって言われちゃった」

「時間を取らせるつもりはないわ。みんな、社長室に来て」


「まず最初に言っておくけど」

社長のデスクを背にしてもたれかかったジェニファーは、チャン、ヴィクター、ガルベス、ミス・モレタニアの顔を順に見回した。

「この場で不毛な議論は一切禁止します。問題は、四日後には打ち上げ予定日《X・DAY》が来ること、そして我々はミッションを成功させなければならないってこと。いいわね」

最後に美紀に顔を向ける。こわばったまま無表情を装っていた美紀は、それでも自分からは目をはずそうとしない。

誰も異議を唱えないのを確認して、ジェニファーはガルベスに視線を送った。

「よおし、手っ取り早くいこう」

ガルベスは壁から身を起こした。

「正確な飛行時間と宇宙飛行歴を教えてくれ、ミキ・ハヤマ」

全員の視線が集中するのを感じながら、美紀はガルベスに顔を向けた。

「実飛行時間は、八〇〇時間」

「ほお？」

「ただし」

と美紀は付け加えた。

「他に、シミュレーターで二〇〇〇時間以上飛んでいます」

「なるほど」

ガルベスはうなずいた。シミュレーターによる模擬飛行訓練でも、経験を重ねることはできる。しかも、重要なところを繰り返して練習できるからその効果は大きい。

「それで、本業の宇宙飛行は？」

ためらわずに答えたつもりだったが、言葉が口から出てくるまでに、わずかの時間がかかった。

「……実際に業務として宇宙《そと》に出たことはありません」

ミス・モレタニアが大きな溜め息をつくのが聞こえた。

「マリオは五回飛んだって聞いたようだが？」

「それは……」

言いよどんだ美紀が、初めて目を伏せた。

「地上支援を二回、予備搭乗員《バックアップクルー》も二回やってるから」

「あと一回は？」

「子供のころ、弾道軌道の体験飛行で……」

「まあ」

大質量《H》打ち上げ《L》用単段《L》ロケット《V》が実用化された直後、民間向けに売り出された観光パックに、軌道飛行とそれによる無重力体験があった。打ち上げ時の最大Gが三Gほどにしかならない大型の単段式ロケットを使い、赤道上の洋上宇宙基地から、地球をほぼ一周して戻ってくる弾道軌道に打ち上げる。

最大速度がわずかに衛星速度に及ばないために、打ち上げ時と再突入時の一〇分ほどの荷重と、一時間弱の無重力状態、そして、地球一周に満たない低軌道だが、宇宙空間に出ることができる。

軌道上に重量物を上げるほどの推進剤を必要とせず、簡単な健康診断だけで子供でも参加できる世界初の観光宇宙飛行として売り出されたアトラクションだったが、その命運は長くはなかった。

宇宙飛行の料金は、実質一時間ほどのアトラクションとしてはあまりにも高価で、しかも高軌道を目指さないために節約できる推進剤は、有人宇宙飛行のための確実な整備と保守点検の費用にはるかに足りず、思うような集客力を発揮できなかった。

やがてそれよりも安い費用で人員を宇宙空間に届けることができる、単段式のスペースプレーンが実用化されるに及んで、民間初の観光宇宙旅行を実用化した運用母体のシー・ラウンチ社は、観光部門からの撤退を表明した。

「子供料金が安かったから、宇宙への遠足が話題になった、あれね」

「そうです」

美紀はうなずいた。

「それで、合計五回か……」

「契約前に送った履歴書には、全部記入してあったはずですが」

「で、その履歴書はどこにあるんですの？」

ミス・モレタニアに聞かれて、ジェニファーは救いを求めるようにガルベスを見た。ガルベスは肩をすくめて目をそらす。

「ええと……」

ジェニファーは、デスクの横の積み上げられた書類の山に目をやった。

「この中のどこかにあるはずだと思うんだけど、捨てた覚えないし」

「そういうことですか」

腰に手を当てて、ミス・モレタニアは腰の高さまで積み上げられた書類の山をにらみつけた。

「必要なら、探査いたしますけれども？」

「必要ないでしょ、目の前に本人がいるんだから」

「さて、そういうわけで、我々は新人の宇宙飛行士を抱えて今回のミッションを行わなければならなくなったわけだが……」

「だって、仕方ないじゃないですか！」

美紀はガルベスに抗議の声を上げた。

「他にどうしろっていうんです！　実績もコネもない新人が本番の宇宙飛行こなして一人前の宇宙飛行士になろうとすれば、自分でミッション組む資金もスポンサーもなければ、自分一人で売り込みして、少しでもチャンスを摑まえにいくしかないじゃないですか！」

ガルベスはジェニファーと顔を見合わせた。ジェニファーは楽しそうにガルベスにウィンクを返す。

「ガルベスにだって初飛行はあったでしょ！　あたしは宇宙飛行士の資格は持ってるし、今回のミッションだって、きっちりやり遂げられます！」

「そこまででいいわ、ミッキー」

ジェニファーは手を叩いた。

「もう一回確認するわよ。X－DAYは四日後、いまさら変更はできない。そして、我々は実績なしとはいえ、SS資格を持っている宇宙飛行士を格安の報酬で使うことができる。そういうわけであたしは、いまさら契約内容に手を加えるつもりはないんだけども？」

ジェニファーは、あらためて社長室に集まっている一同の顔を見渡した。壁にもたれて話を聞いていたヴィクターは、軽く頭を振った。

「社長がそのつもりなら、いまさらあたしが口出すことないけど……」

難しい顔で腕を組んだミス・モレタニアが顔を上げる。

「でも社長……」

「最後にひとつ、テストでもしてみようか」

ガルベスがのっそり動きだした。

「よかったらみんな、ついてきてくれ」

「いったい、何をする気ですの？」

聞いたミス・モレタニアに、立ち止まったガルベスは振り返って軽く口もとをゆがめてみせた。

「なあに、たいした手間は取らせねえ。C号機を使って、簡単なシミュレーションをやるだけだ。その結果を見てから結論を出しても、遅くはねえだろう」

ガルベスは、視線を美紀に移した。

「ギャラリーが大勢いる。うまくやれよ」

「……はい」

ガルベスの真意がわからないまま、美紀はうなずいた。

「マリオ、ちょいと手え借りるぜ」

社長室から出たガルベスは、電子機器の壁の向こうにいるはずのマリオに声をかけた。電子機器の向こうから、ぶっきらぼうな声が返ってきた。

「なにやるのさ」

「お得意のジェットコースター・シミュレーションだ」

あとからついてきている美紀には、何の事だかわからない。ややあって、マリオは楽しそうに聞いた。

「へえ？　それで、状況はＡＳ５０８？　それとも51－Ｌ？」

「51－Ｌだ」

その数字とアルファベットの並びに、美紀は何か引っかかるものを感じた。それが何かはわからない。

「手っ取り早くやるつもりなんでな」

「51－Ｌならすぐに終わるさ」

「Ｃ号機で、そっちの用意ができたら、すぐに始める」

「わかった。すぐにロードしとくよ」

「……ジェットコースター・シミュレーションて、何？」

格納庫への階段を降りながら、美紀は前を行くチャンに小声で聞いた。少し考えてから、チャンは答えた。

「ジェットコースター・ムービーって、何の事だかわかる？」

「知ってる」

美紀はうなずいた。息もつかせぬ早いストーリーと場面転換で、次から次へと展開していくアクション映画の手法が、ジェットコースター・ムービーと呼ばれている。

「あれを、シミュレーターでやるのさ」

「え……」

「……マリオの奴、今回は手加減しねえだろうな」

作業台上のダイナソアC号機のまわりに、社員が集まっている。開きっぱなしの貨物室《カーゴベイ》の中で作業中だったウォーレンも、作業台の横にあるコントロールパネルの前に来ていた。いくつもあるディスプレイはすでに灯が入っており、中央の席にガルベスが着いて、ヘッドセットを耳に当てている。コンピューターシステムはC号機の操縦システムにシミュレーションモードのまつながっており、それはさらにオフィスのメインコンピューターにも接続している。

「状況は、本番と同じだ」

ガルベスは、すでにC号機の操縦席に着いている美紀にインカムで呼びかけた。機体後部の貨物室のドアは全開のままだが、操縦室の乗降ハッチは閉じられている。

「空中発射母機からの切り離し後、メインエンジンに点火しての上昇。準備ができたらいつでも始められるぞ」

「………」

操縦席でシートベルトを締めた美紀は、もう一度コントロールパネルを見回した。手の届くところ、手の触れるところにあるスイッチもレバーもダイヤルも、すべて発射前の定位置に入っているのを確認して、右手で操縦桿、左手でスロットルレバー、両足をフットバーに載せる。

「準備完了、いつでも行けます」

インカムの向こうで、ガルベスは笑ったようだった。

「そう緊張するな。身体が固いと予想外のトラブルに対応できんぞ、まあ、気楽に行け」

「そんなこと言ったたって……」

もう一度操縦パネルを見回し、本番では空が見えるはずのフロントウィンドウを見ても、頭の中を操縦という仕事以外の余計なことがぐるぐると渦《うず》を巻く。深呼吸して、美紀は目の前の機械に集中しようとした。

「よろしい、マリオ、シミュレーション、スタートだ」

カウントダウンを途中でストップしていた、美紀の目の前のディスプレイとヘッドアップディスプレイが、一斉に動き出した。

「いまのお前は高度一万五千メートル、ハスラーの腹に抱えられて最終上昇《ファイナルズーム》に入るところだ。各計器は正常か？」

美紀はヘッドアップディスプレイから目を離して、他のディスプレイをチェックした。飛行に必要な情報はヘッドアップディスプレイに表示され、他のディスプレイは何か不具合が発生しない限りは警報を発することはない。

「現在、速度マッハ二、ダイナソアCの計器は正常に作動中」

ヘッドセット越しに答えてから、美紀はヘルメットをしていないのに気がついた。それから、シミュレーションにどんな罠が仕掛けられているのかと考えて、もう一度ディスプレイをチェックする。

ダイナソアを宇宙まで持ち上げるための推進剤が詰められたタンクは、液体酸素も液体水素も異常がない。タンク内の圧力は正常値で、極低温に保たなければならないその温度も許容範囲内である。

「これから高度三万五千、マッハ三まで加速してダイナソアを切り離す。いいか？」

おそらく実際のハスラーの動きをもとにしたデータが、ディスプレイ上で動き始めた。換装されたエンジンでも、アフターバーナー全開で得られる速度はマッハ三以上、そのまま上昇を続ければ、空気が薄くなりすぎて酸素供給ができなくなり、ジェットエンジンは失火《エンスト》して停まってしまう。

ダイナソアの計器板は、母機に抱えられた状態の自機が、順調に速度と高度を増加しつつあることを伝えていた。

「高度二万を超す。そろそろ液体酸素《LOX》を吹かし始めるぞ」

サブディスプレイの情報でも、ハスラーがメインエンジンに対して液体酸素《LOX》の放出を開始したことがわかる。機体姿勢と高度を確認して、美紀はエンジンの自動点火シークエンスを開始した。

ダイナソアのメインロケットであるミツビシLE－11は、かなり自由な出力制御ができる。スロットルレバーに対する反応もジェットエンジンよりはるかにいいから、切り離し前にエンジンを始動させて、切り離しと同時に出力を上げるのが通常の飛行シークエンスである。

「エンジン自動点火、シークエンス開始。あと一〇秒でメインエンジン点火します」

機関関係のディスプレイ上で、小数点以下二桁まで表示されるカウントダウンの数字が、スロットマシンのように減っていく。エンジン、燃料系ともに異常はない。

「メインエンジン点火、推進系異常なし」

「現在高度三万、速度マッハ三、自動発射シークエンスに入る」

ガルベスがインカムで告げた。通常の飛行なら、すべて機械任せのオートマチックにしても、何も問題のないところである。

ディスプレイ上で着々と進行していく飛行の状況をモニターしながら、美紀はどのあたりで突発事故が仕掛けられるか考えていた。

「……加速がちょっと鈍いかしら」

高度三万メートルを超すと、翼による揚力や、空力による舵がほとんど当てにならなくなる。それを越えてなお上昇しようとするハスラーの場合、ジェットエンジンのアフターバーナーに、さらに液体酸素《LOX》を吹き込むという荒業によって、自分の推力だけで上昇していくのだが、ヘッドアップディスプレイの表示は、初期に比べてその速度増加が鈍っていることを示していた。

「……いかん！　こっちの第四エンジンが火を噴いた！」

「自動切り離しシークエンス中止！　コントロールを手動《マニュアル》に戻します！」

美紀は、とっさに機体のコントロールを自分の手に取り戻した。発射中止か続行か、それとも他の選択を考える。エンジンが火を噴いたといっても、ディスプレイ上の表示だけでは何が起きたかわからない。

「駄目だ、このままでは……」

ぶちっとコードが引き抜かれる感じで、インカムからの通信が途切れた。発射シークエンス中の母機のエンジン故障という状況、と美紀は解釈した。こちらの声が向こうに通じているかわからないが、自機に与えられた高度、速度をヘッドアップディスプレイ上で確認して、一方的に通告する。

「こちらダイナソア、ブースターごと離脱します！」

上部パネルのスイッチをいくつか入れ換えて、母機との接続解除、こちらからの操作でブースターと推進剤タンクを抱えたダイナソアをハスラーから切り離す。向こうの事故の状況がどうであるにせよ、重い荷物を切り離したほうが対処しやすくなるはずだと判断した。

現在高度三万五千、速度マッハ三・七。メインエンジンは動いているものの、それによって供給される推力はないに等しいから、ダイナソアは放り出された軌道のまま弾道飛行をしている。

「ダイナソアは、このまま上昇を続けます」

行けると思って、美紀は宣言した。予定よりも切り離し高度も速度も足りないが、余分を見て積まれている推進剤を使えば、充分ミッションは達成できるはずである。

エンジン不調に陥った母機の状況が気になるが、重い推進タンクやブースターを抱えたままでは何もできないし、いまさらミッションを中止して地上に戻っても、手伝えることはない。

「メインエンジン全開、ブースター点火！」

スロットルレバーを一〇〇パーセントに入れ、推進タンクの両側に取り付けられた固体ロケットブースターを点火する。もし本番なら、自重の三倍以上の推力で加速が開始され、美紀の身体はGによってシートに押さえつけられるはずである。

「メインエンジン、ブースターともに推力正常――じゃない！」

メインエンジンの出力上昇はスムーズにいった。同時に点火した固体ブースターも、順調に燃焼を開始したものと思ったが、自動操縦装置が左右の推力変化を原因とする針路修正を開始したことをディスプレイ上で伝えている。

「許容限度いっぱい？」

美紀は操縦装置を手の中に取り戻した。自動操縦で補正できる針路修正には限度があり、あまり大きくなると正規の軌道に戻れなくなる。

実際の飛行なら、発進直後か、操縦桿を握った瞬間にその異常がわかったかもしれない。ディスプレイは、左右の固体ブースターの推力の違いが拡大しつつあることを伝えている。メインエンジンの推力方向の首振りで対応するが、左右のブースターの推力の違いをチェックした美紀は舌打ちした。

「左ブースターが推力過大⁉」

右側のブースターは定格通りの推力を発揮しているが、左側は予定値よりも一〇パーセント以上大きな推力を絞り出していた。しかも、その推力はずるずると上昇を続けている。

「左右ブースター切り離し！」

美紀の反応は早かった。推力変化が誤差の範囲を大きくはずれており、しかも予定よりも大きいというと、明らかに燃焼異常が起きている。いつ爆発してもおかしくない。

ブースターを切り離せば、独力での目標軌道到達は不可能になる。つまりそれは今回のミッションが不成功に終わるということが確実になったようなものだが、爆発ボルトによるブースターの切り離し《セパレーション》が無事終わっても、美紀は気をゆるめなかった。

「ダイナソアCよりハスラー、聞こえますか？」

無線で呼びかけてみるが、反応はない。美紀は無線の相手を切り換えた。

「こちらダイナソアC、ハードレイク管制塔《コントロール》どうぞ」

こちらも反応なし。自機の無線が故障している可能性を考えて、美紀はカンパニーラジオの回線を入れた。

「こちらダイナソアC、ただいま固体ブースターの燃焼異常により、ブースターを点火一二秒後に切り離しました。ミッション中止《アボート》、指示を請う」

しばらく返事を待ってみるが、あいかわらず何も聞こえてこない。

「無線が使えない状態で、自分だけでなんとかしろってわけね」

美紀は、再びフライトディスプレイに目を戻した。これで仕組まれた故障《アクシデント》が終わったとは思えない。

「ダイナソアC号機はこのまま弾道飛行を続行、自力でハードレイクに帰還の予定」

メインロケットの推力を落として、美紀は宣言した。

ヘッドアップディスプレイに表示されている高度は、現在五万五千メートル、このまま衛星軌道に出てから一周後にハードレイクに戻る方法もあるが、その場合は大気圏突入というイベントをこなさなくてはならなくなる。

操縦桿を操作して、美紀はダイナソアの上昇角を変え始めた。固体ブースター二基を切り離しても、自重をはるかに超す推力を絞り出すメインエンジンはまだ生きているから、このまま大きく宙返りしてコース反転、インメルマンターンでハードレイクに戻る軌道を取る。

操縦室の中に、警報が鳴り響いた。

「こんどは何!?」

メインロケットの状態を映すディスプレイが、画面の外枠を赤くフラッシュさせている。

「メインエンジンに異常燃焼!?　ターボポンプが欠損！」

「屈辱だわ」

作業台横のコントロールパネルで、次々にダイナソアを襲うアクシデントを見ていたヴィクターが、吐き捨てるように言った。

「こんなに次々とトラブるなんて、まるでメカニック《あたしたち》が何も仕事してないみたいじゃない」

「51－Lはとにかくありったけのトラブルを起こそうっていう、グレムリンを団体で乗っけてるようなプログラムだ。ほう、推力をカットしたか」

想定ではダイナソアとの無線はもうつながらなくなってるから、こちらからあれこれと指示を出すことはない。

美紀はプリバーナーで異常燃焼を起こし始めたメインロケットの使用を早々にあきらめ、燃料カット、外部推進剤タンクの切り離しにかかっている。しかし、燃料系統が完全にカットされない。

燃料系統が完全に閉鎖されないと、推進剤である液体酸素と水素がメインロケットに供給され続けるから、エンジンを停止することができない。いくどか他の回路を使って試みた美紀は、完全閉鎖をあきらめて、メインエンジンへの燃料供給停止を優先するために外部タンクを強制排除した。

「終わったな」

ガルベスは呟いた。まだ推力が残っているダイナソアが、排除したはずのタンクを追い越す形になり、閉鎖されていないバルブから推進剤を垂れ流しているタンクを噴射炎が舐《な》める。

その瞬間、外部タンクは爆発した。スピーカーから、まるでテレビゲームのような安っぽい爆発音が流れ、すべてのシミュレーションが停止する。

ディスプレイに、GAME　OVERが表示された。

「ようし、今回のシミュレーションはこれで終わりだ」

ガルベスは、ダイナソア機内の美紀に呼びかけた。

「スイッチを切って出てこい」

『……了解』

沈んだ声が、インカムから聞こえた。

「マリオもご苦労だった。結果は見ての通りだ」

オフィスにいるはずのマリオに呼びかけて、ガルベスはヘッドセットをコンソールに置いた。振り向いて、一同の顔を見渡す。

「さて、こういうことだ」

「……こういうことって言われても……」

ジェニファーは、困った顔でダイナソアを見た。美紀はまだ姿を現さない。

「どういうことなの？」

「チャン、お前はどう思う？」

「いつもながら、ひどいプログラムですね」

チャンは両手を上げてみせた。

「次から次へとアクシデントが襲い、問題が発生し、トラブルが巻き起こる。いったいどうやったら、こんなものクリアーできるんです」

ダイナソアのハッチが開いた。意外にさっぱりした顔で、美紀がタラップに上がってくる。

「はい、ご苦労さん」

ガルベスは美紀に声をかけた。美紀はむりやり微笑んで答えた。

「結果は？」

「外部タンクに残っていた推進剤の爆発に巻き込まれて、終わりだ」

一度うつむいてから、美紀は決然と顔を上げた。

「もう一度、やらせてください！」

美紀はタラップの上で叫んだ。

「もう一回やれば、こんどこそうまく行きます！」

「具体的には、どうする？」

ガルベスは試すような目で、美紀を見た。

「同じシークエンスにぶつかったら、こんどはどうする？」

「メインエンジンの消火ができないのなら、こんどは外部タンクと同時にメインエンジンを投棄します。それが駄目なら、プリバーナーの異常燃焼を停止して、完全に消火を確認してから機体をコントロールして……」

「メインエンジンの投棄は次の正解だ。だが、それをクリアーしても、また次のトラブルが起きる。このジェットコースター・シミュレーションは、機体が壊れるか、墜落するか、パイロットが死亡するかしないと止まらん」

美紀は、自分が絶対クリアーできないシミュレーションをやらされたのを知った。

「そんな……」

よろける足元をタラップの手すりで支えて、美紀は声を上げた。

「どうやっても墜ちるなんて、それじゃ、どうしてそんなことを……」

「見て欲しかったのは、ミキがこのシミュレーションをクリアできるかどうかじゃない」

ガルベスは社員たちに向き直った。

「トラブルに対処するまでの時間だ。ハスラーのエンジン出火からあと、ミキはもっとも長くかかったものでも三・六五秒で、トラブルに対する処置を始めている」

ガルベスは、ディスプレイに表示されたシミュレーションと、それに対する美紀の反応時間の表を示した。

「トラブルが起きたときに大切なのは、冷静な対処、そしてすばやい決断だ。知っての通り、この世では時間が一番高価《たか》くつく」

ガルベスはディスプレイを切り換えた。

「コンマ一秒でも早く対応すれば、次のコンマ一秒を稼ぐことができるし、それで対処できることも、やれることも増えていく。問題は、あれこれ考えすぎちまって何もできずに時間を無駄遣いすることだ。トラブルは、待ってくれないからな」

ガルベスはディスプレイに目をやった。

「ケース51－Lは、ハードレイクの腕自慢がやっても長く保たせられるか、とっとと墜ちるかの違いしかないシミュレーションだ。しかし、美紀のトラブルに対する判断の早さは、トップクラスの連中と比べてもひけをとらない。これなら、上で予想外のトラブルに出くわしても何とか帰ってくるだろう」

ガルベスは、美紀にだけ見えるように、背中に回した手で親指を立ててみせた。

「そういうわけで、わしは、このひよっこを今回のミッションに推薦するがね」

ジェニファーはうなずいた。

「どうかしら、ミス・モレタニア？」

ミス・モレタニアは、ガルベスとダイナソアのタラップの上の美紀を見た。

「ミスター・ガルベスがそこまでおっしゃるのなら、心配することは何もないでしょう」

「それじゃ、そういうことでいいわね」

みんなの顔を見回し、どこからも異議が出ないのを確認してから、ジェニファーは美紀に向き直った。

「X－DAYは四日後！　すべてのスケジュールは変更なし、しっかり頼むわよ宇宙飛行士《アストロノーテイカ》！」

「……それじゃ……」

目の前で起きたことをまだ信じられずに、美紀はガルベスの顔を見た。

「しっかりやれよ」

ガルベスは美紀に、にやっと笑ってみせた。

「おまえは、宇宙に行くんだろ」

はっとしてから、美紀は力強くうなずいた。

オフィスに戻る階段でチャンに追いついた美紀は聞いてみた。

「どうしても思い出せないんだけど、51－Lってなに？」

「ああ、アレか。ええと……」

立ち止まったチャンは、あたりをはばかるように見回した。まわりに誰もいないのを確認して囁《ささや》く。

「スペースシャトルの初期運用段階の大事故、知ってる？」

美紀は曖昧にうなずいた。

「聞いたこと、ある、けど」

「あの時のチャレンジャーの打ち上げナンバーが、51－Lだった」

「ああ……」

美紀は、やっと聞き覚えのある記号の意味を納得した。

一九八六年一月二八日、フロリダ州のケネディ宇宙センターの三九B発射台から打ち上げられたスペースシャトルOV－099チャレンジャー号は、打ち上げ一分一三秒後に爆発、乗員と機体を失った。そのミッションナンバーが51－Lだったのである。

「聞いた瞬間に気がつくべきだったわね」

「まあ、ガルベスがマリオに面白がって作らせた状況設定だからね。あんな使い方があるとは思ってもみなかったけど」

「あ、そうだ、忘れてた」

オフィスを見上げた美紀は、いきなり階段を駆け上がり始めた。オフィスに飛び込んで、電子の要塞に走る。

マリオは、あいかわらずヘルメットとサングラスを組み合わせたようなヘッドマウントディスプレイをかぶったままキーボードを打っていた。

「あ……あの」

かける言葉が浮かばない。マリオはまるで聞こえないようにキーボードを打ち、ときどきライトペンで宙に何か描いている。

気がついてくれるのをしばらく待ってから、意を決して美紀は声をかけた。

「マリオ、あの……」

「聞こえてるよ」

イヤフォンを耳に挿《さ》したまま、マリオは答えた。ただし顔の上半分はヘッドマウントディスプレイに隠れたままだし、両手はあいかわらず動いているから話を聞いているようには見えない。

「あの、謝らなきゃならないことがあると思って……」

マリオはキーボードを打つ手を止めた。親指で弾くようにして、両目を覆っていたグラスディスプレイを跳ねあげる。その顔にいつもの人懐っこい微笑みはない。

「思ったより長く粘ったね。もっとあっさりあきらめるかと思った」

「あきらめる？ なんで？」

美紀は思わず聞き返した。

「まだいくらでもやれることがあるのに、何でもできるのに、あきらめるなんてことはしないわ。――今回は、ちょっと間に合わなかったけど」

「それだけ元気なら、もう少し条件厳しくしてやってもよかったかな」

「それだって、頭と身体が動くうちは絶対にあきらめないもん」

言ってから、美紀ははっとして口をつぐんだ。タイヤに手をかけたマリオは、車椅子を軽くバックさせてくるりとターンさせた。立っている美紀の顔を見上げる。

「ごめんなさい……」

「謝ることないよ」

「でも、怒ってるでしょ」

一度美紀をにらみつけてから、マリオはふんと口もとをゆがめた。

「怒ってるのは、嘘を吐《つ》かれたから。悔しいのは、子供だと思って舐められたから。情けないのは、それでもあなたがうらやましいと思ってるからだ」

どきっとして、美紀は思わずマリオの顔を見直した。

「……ほんとうに、ごめんなさい」

「許さない」

目をそらして、マリオはまたデスクに車椅子をターンさせた。

「貸しにしとくよ」

「……え？」

「車椅子でも飛ぶ方法はいくらでもあるんだ。覚えてろよ、いつかきっと、必ず追いついてやるから」

グラスディスプレイを指で弾いて戻したマリオは、再びキーボードに指を滑らせ始めた。

やがて美紀はうなずいた。

「先に行って、待ってるわ」

ヘッドマウントディスプレイをかぶっているマリオの口もとが笑ったようだった。

X-DAY マイナス3

「今日から、C号機のセットアップを始めるつもりだから……」

ヴィクターは、自分のデスクで書類作成中のガルベスに告げた。

「もし、C号機で実地のリハーサルやるつもりなら、午前中しか使えないわよ」

「いまさら必要ないだろう」

ガルベスはデスクから顔を上げた。ダイナソアを使って実地のリハーサルをするには、ハスラーにダイナソアをドッキングさせ、そのまま高空に昇って切り離し、無動力のまま滑空して着陸させせなければならない。

「それじゃあ、ハスラーともどもセットアップ始めちゃっていい？」

「かまわん」

ハスラーの空中発射母機としてのセットアップが始まると、当然ながら通常の飛行には使えなくなる。それを思い出して、ガルベスは付け加えた。

「いちおう、飛行計画が入ってないのは確認してくれ」

「もちろんわかってるわ」

まかせといてと笑って、ヴィクターはオフィスから出ていった。

ガルベスは手を休めて、オフィスを見回した。朝、それもまだ早い時間だから、社長が起きているはずはなく、いつも通り定時に出てきているミス・モレタニアのキータッチの音が聞こえているだけである。

「ミス・モレタニア？」

ガルベスは、できる限り静かにミス・モレタニアに声をかけた。

「はい？」

ミス・モレタニアはキーボードを打つ手を止めた。

「マリオはどうしてる？」

「今日からもう、ミッションコントロールセンターに入ってますわ」

スペース・プランニング本社に、宇宙飛行を管制できるような設備はない。必要が生じるたびに、管制塔のある空港ビルディングのミッションコントロールセンターを使うことになっている。

「昨日の夜遅く、今回のミッションターゲットの放送衛星に関する細かいデータと最終位置修正に関する軌道要素が入ってきたとかで、彼の机のコンピューターで何をやってるかわかるはずですけど」

マリオお得意の改造の結果、スペース・プランニングのコンピューターは、ミッションコントロールのそれとほぼ同等の機能と性能を持つに至っている。オフィスにいながらにして同じデータをモニターできるのはもちろんのこと、その気になれば、ここから衛星軌道上の飛翔体《ひしようたい》を管制することもできるという。

「いや……」

ガルベスは目の前の書類に目を戻した。

「仕事をしているのなら、それでいい」

X-DAY　マイナス2

飛行訓練の仕上げに飛び立つ、ガルベスと美紀の乗ったスタークルーザーを見送った管制塔のチャンに電話が入った。

「はい、こちらハードレイク管制塔《コントロール》──なんだ、マリオか」

チャンは時計を見た。まだやっと日が昇ったばかりの時間である。

「何やってんだ、こんな時間に」

『なんだじゃないでしょ、これでも仕事してんだから』

返事を聞いてから、チャンは電話が一般回線でなく構内電話であることに気がついた。

『仕事暇になったら、ちょっとミッションコントロールに顔を出して欲しいんだけど』

「はあ?」

チャンはキーボードを叩いて、ディスプレイ上に今日のフライトプランを呼び出した。

「そりゃまあ、緊急便が飛び込んでこない限りは、本職の管制官が出てくるまでは仕事はないはずだけど」

『緊急呼び出し《エマージエンシーコール》なら、トランシーバーでも持ってれば対応できるだろ。どうせ同じ建物の中だし、ミッションコントロールのナンバー三に来てくれない？』

「わかった」

レーダースクリーンを見て、飛び立っていったスタークルーザー以外に、こちらの管制を必要とするような飛行機が管制空域内にいないのを確認してから、チャンは管制卓を立った。

管制塔のあるハードレイク空港ビルは、宇宙飛行用のミッションコントロールセンターの機能も併《あわ》せ持っている。

地上から直接、宇宙空間の宇宙機を目視できるわけはないから、コントロールセンターには窓はなく、そのかわりに飛行状態や軌道を示す壁一面の巨大なスクリーン、世界各国や衛星軌道上の追跡ステーションと結ばれた通信機能などが、最大限に充実されている。

ラグランジュポイントや月軌道ミッションにまで対応できる一番大きなミッションコントロールナンバー一をはじめとしてその数は四つ、そのうち一番小さなナンバー三が、今回の仕事のためにスペース・プランニングの本部となる。

チャンが管制塔のすぐ下にあるミッションコントロールに降りていくと、すでにそこは、すべての照明とコンソール、スクリーンに灯が入り、完全稼動状態に入っていた。

メインスクリーン脇のカウンターにも発射予定日時に対する実時間のカウントダウンと、

いくつか待機予定があるためにそれよりもずいぶん少ない発射準備のためのカウントダウンの数字が表示されている。予定時刻に対するカウントダウンクロックは刻一刻と数字が減っているが、発射準備のほうはかなり少ない数字のまま待機《ホールド》が掛けられて停止している。

中央の作戦責任者《ミッションディレクター》席で、車椅子のマリオが手を上げた。

「何が起きたっていうんだい」

「大したこっちゃないと思うんだけどね」

マリオは、正面のメインスクリーンにメルカトル図法で映し出されている世界地図を指した。低高度の飛行ならここに波動曲線状の軌道が映し出されるが、標的《ターゲット》は高々度の静止衛星軌道上のため、赤道上の、中南米上空より大西洋側に出た東の海上の一点に静止したままである。

「スターバードに、何か厄介ごとが起きてる可能性がある、かもしれない」

「またかよ……」

こういう事前調査に関するマリオの予測の正確さは身に染みて知っているチャンは、露骨に嫌そうな顔をした。

「で、こんどは何だっていうんだ」

「かなり細かい数字レベルでの話だけど、スターバードが予定よりも軽くなってる」

「隕石にでもぶち当てられて、どっかの部品すっ飛ばしたとか、か?」

「そうじゃないらしいんだ」

マリオはサブスクリーン上にコンピューターイメージ画像のスターバードの映像を出した。蝶のように四方に太陽電池を広げた放送衛星は、コンピューターによる映像ではどこにも損傷を受けているようには見えない。

「これが今のスターバードの状況。上から送られてくるデータをもとに再構成してるから、実物とほぼおんなじ状態に再生されてるはずだ。これを見る限り、部品の欠損や構造の破損はなさそうだし、実際、上の機載コンピューターも同じ判断をしてる。でも、計算上の重量と実際の重量がちょっとばかしずれてんだよね」

こんどは手元のディスプレイに、マリオは新しいデータを表示した。

「……何だって？」

「位置制御用の反動《リアクション》コントロールシステムのデータだ。これによると、ほんのわずかな値だけど、スターバードはその位置を保つために必要とされるはずの推進力よりも少ない力で現在位置にとどまっている。わかる？」

「つまり、予定よりも少ししか推進剤使ってないのに、所定の用が足りてるってことか」

「そういうこと」

マリオはうなずいた。

「一番簡単な結論は、このデータか、それともセンサーに狂いが出てるってこと。そうでないとすれば、予定よりもスターバードの重量が軽くなってる、この可能性が一番大きいと思うけど」

「予定よりって、どれくらいだ？」

「現時点での予定よりも、二パーセントか三パーセント、その程度だとは思うけど……」

衛星軌道上に打ち上げられた人工衛星の重量は、未来永劫不変のままではない。

放射性元素による熱核電池を使っているものなら、時間がたつにつれて熱源である放射性元素が放射線を放出して鉛《なまり》に変わっていくため少しずつ軽くなっていくし、位置制御や姿勢制御に推進剤を使えば使った分だけ、衛星の自重も減っていく。推進剤がゼロになり、熱核電池の放射性元素がすべて鉛に変わってしまえば衛星の寿命が尽きることになる。

「スターバードで減る可能性のある質量は？」

「そりゃもちろん、姿勢制御用のハイパーゴリックだけど」

反動《リアクシヨン》コントロールに使われる推進剤は、ハイパーゴリックと呼ばれる専用のものである。

「それの残量は？」

「計算値がこれ、で、実際の値はとなるとこれなんだけど」

マリオは衛星本体から送られてきているデータを、ディスプレイ上の計算値と並べて表示した。誤差程度の数字の違いしかない。

「で、この実測値って信用できんの？」

「それが最大の問題なんだよね」

マリオは難しい顔でサブスクリーン上のスターバードのイメージ画像を見上げた。

「スターバードの位置制御システムって、打ち上げ直後からあんまり調子がよくないらしくって、実は今回の整備ミッションでも最重点項目に入ってるんだ。残量計も、あんまり信用しないほうがいいかもしれない。——とりあえず、ダイナソアには積めるだけのハイパーゴリックを持たせるつもりだけど」

「それも、到達高度が三万六千キロ彼方とくりゃあ、そう一杯は積めないか」

到達高度が上がれば上がるだけ、そこにたどり着くための推進剤の量も跳ね上がる。そして、少しでも推進剤を節約しようと思えば、持ち上げるものの重量を削るしかない。

「結局は、行った先で確認してみるしかないんだけどね」

大西洋上、中南米東海岸の沖合いに静止しているスターバードの現在位置を見て、マリオは溜め息をついた。

「行った先で何とかできる程度の問題ならいいんだけど」

X-DAY　マイナス1

打ち上げ前日。作業服のまま格納庫に降りてきた美紀は、ここのところ毎日のルーティンワークである作業のシミュレーションをやるためにダイナソアへのタラップを昇りかけて、いきなりガルベスに呼び止められた。

「こんなところで何してる?」

「あ、おはようございます」

振り向いて、美紀は挨拶した。ジェットヘルメットを肩にかけたガルベスは、作業台上のダイナソアを見てから美紀に目を戻した。

「昨日は何時ごろ寝た?」

「ええと……」

美紀は何の気なしに腕時計を見た。

「たしか、二時ごろには……」

「睡眠時間が足りねえな」

自分の腕時計を見て現在時間を確認した。

「何やってたんだ？」

「何って、それは、軌道上での作業手順とか、スターバードの構造とか……」

「何しに起きてきたんだ？」

「何しにって……」

少々むっと来て、美紀はガルベスを見返した。

「明日、打ち上げなんですよ。いろいろとやらなきゃいけないことがいっぱいあるじゃないですか」

「打ち上げ前日の宇宙飛行士の仕事はただひとつ、ゆっくり休むことだ。まさか今日もみっちり予習しようなんて思って起きてきたんじゃないだろうな」

「そうですけど」

口をとがらせて、美紀はうなずいた。

「寝てろ」

「だって……」

「なら、鏡を見てみろ。寝不足で疲れてますって顔だぜ」

「え……」

美紀は思わず自分の両頬に手を当てた。

「そんなひどい顔してます？」

「ああ、ハロウィンの夜みたいだ」

「ひっどーい」

「とにかく、ベッドに戻って寝直せ。今日は一日有給休暇だと思ってのんびりしてろ」

「でも……」

「でもじゃない！　これが国家機関の宇宙飛行士なら、風邪やなにやらの感染防止で、仕事の一週間前から隔離状態に置かれるところだぞ」

「それは知ってますけど」

「なら寝ろ。今日はゆっくり休め。どうせ寝不足がたまってるんだろ」

「大丈夫ですよ、寝てないわけじゃないんだし」

「高価な機材と金のかかってる飛行をまかせるんだ。お前は万全の体調で飛ぶ義務がある」

「わかってます」

「なら、今日の義務はすべて終了だ。ゆっくり朝寝して、シャワーでも浴びて、食事して、それから……」

「それからあとは、どうすればいいんですか？」

美紀は聞いてみた。ハードレイク空港には、アメリアズのささやかなゲームコーナーと、ほとんど利用客のない待合室のスロットマシンくらいしか遊戯施設はない。

「衛星放送の古い映画を観てたっていいし、コンピューター相手に遊んでたっていい。マリオならいいゲームを教えてくれるだろうぜ」

「はあ……だったら、操縦席に座ってるほうが気が楽なのに」

「本日の業務は禁止する」

「……命令ですか？」

「そう言わなきゃ従わないって言うんなら、そういうことにしてやるぜ」

「……」

じっとにらみつける美紀の視線を気にもしないで、ガルベスはヘルメットを肩にかけたまま背を向けて歩き出した。あっかんべーと舌を出した美紀にくるりと振り向く。

「わちゃ！」

思わず舌なんか噛んじゃったりしちゃった美紀に、気がつかないふりをしてガルベスは言った。

「そうそう、爪は切っとけよ」

「え？」

そんなに爪を伸ばしていた覚えはないから、美紀は広げた自分の手の先を見た。

「そんなに長い飛行じゃないだろう。旅行前に爪を切っておけば、帰ってくるまで切る必要はないから荷物から爪切りを減らせるぞ」

「なるほど」

掌《てのひら》を返して、美紀はガルベスに顔を上げた。

「他に何かアドバイスはありますか？」

「だから、ゆっくり休めと言ってるだろう。今日は一日部屋でおとなしくしてろ」

「だって……」

美紀は口をとがらせた。

「そんなことしてたら、退屈で溶けちゃう」

「名画チャンネルでも見てろ」

ガルベスは再び美紀に背を向けた。

「今日は、スターウォーズをやるそうだぜ」

美紀はきょとんとした顔をした。

「なんですか、それ」

「知らないのか？」

ガルベスはがっかりした顔をもう一度美紀に向けた。

「ならいい機会だ、見ておけ。あれはいい映画だぞ」

「……はあ」

X‐DAY

部屋がノックされる前に、美紀は目覚めていた。

「時間だよ」

「起きてる、ミキ？」

「起きてるわ。すぐに支度する」

ドアの向こうのチャンに返事して、美紀はベッドから跳ね起きた。

テスト飛行は、伝統的に早朝に行われる。空気の温度がもっとも低くなる、つまり空気密度がもっとも高くなるのが早朝だからである。

地上から発射するロケットの場合、スケジュールは空力学的問題よりも他の問題に左右されることが多い。軌道要素、天候、場所によっては地場産業の事情や騒音問題まで絡むことがあるから、打ち上げ予定時間は一定時間のみ開く窓《ウインドウ》と呼ばれる。

発射地点も高度も自由に選べ、飛行場の天候にもさほど左右されない空中発射母機がポピュラーになってから、この古い伝統は復活していた。重い宇宙機を抱えて離陸しなければならない空中発射母機は、空気密度が最大、つまりもっとも揚力が大きくなる早朝が離陸時間になる。

「おはよう」

フライトスーツに着替え、ボストンバッグをひとつ持って部屋から出てくると、ドアの外でチャンが待っていた。持っていたバスケットを美紀に渡す。

「ありがと……何、これ?」

美紀は本物の籐《とう》で編んだらしいバスケットの中の紙包みを覗《のぞ》き込んだ。

「朝飯。ミス・モレタニアのサンドイッチ。宇宙飛行士の本番前の食事ってのは、ほんとならステーキと卵なんだそうだけどね」

チャンは、自分のバスケットの中から食べかけのハムサンドを持ち上げてみせた。

「うちじゃあ、いちいち宇宙飛行士様にそんなもの食べてもらってる暇はないから、これ食いながら最終チェックだ」

「充分よ」

格納庫への階段を降りながら、美紀はバスケットの中の紙包みを開いた。

「わあ」

「何?」

「嬉しい、ちゃんとステーキサンドだ」

未明のハードレイク飛行場、ライトが全灯されたスペース・プランニングの格納庫の前で、空中発射母機としての準備を整えたハスラーが、光の中に浮かび上がっていた。爆撃機から空中発射母機に改装されたハスラーの様相は、飛行テストに使われた時とはまったく違っていた。

予定されている高度と速度、高度三万五千とマッハ三に耐えるため、鋭く尖った機首、広がった主翼とそそり立つ垂直尾翼の前縁に、まるで氷がついたように白い耐熱塗料が塗り込められている。

最高飛行速度がマッハ二として設計された機体は、それ以上の速度の空力加熱に耐えることはできない。その対策として、もっとも温度が高くなる部分に、蒸発することによって冷却する耐熱塗料を塗り込めるのだが、それは機首の風防ガラスも例外ではない。そのためハスラーは、離陸から最高速、最高々度飛行に達するまで、外を見ずに計器のみに頼った飛行を強《し》いられることになる。

「雪でも張り付いたみたい」

長い首脚で支えられた鋭い機首を見上げた美紀が呟いた。

「みんなそう言うよ」

ハスラーを見上げたチャンが答えた。

「だから、霜付きって呼ばれてる《フリーザー》」

しかし、その胴体下には装着用のラッチが付いているだけで、クリーンなままである。

「よう、来たな」

ハスラーの操縦席は、天井が後部を支点に跳ね上げられている。機首の上まで上げられたクレーン車の先から、ガルベスが地上の美紀に声をかけた。

「さっそくだが、最終チェックにかかってくれ」

「わかりました」

言われて、美紀は光量の高いライトで昼間のように照らし出されている格納庫まわりを見渡した。チャンに振り向く。

「あたしの宇宙機はどこ？」

「あたしのと来たもんだ」

チャンは滑走路のはるか彼方を指差した。

「あっち。掩体壕《えんたいごう》の中」

「掩体壕？」

格納庫が並んでいる区画からたっぷり二キロは離れた場所に、半地下式に設置された液体酸素、液体水素、その他推進剤と爆発物の貯蔵区画がある。

可能な限り太陽熱の影響を避けるために、デュワー・タンクの地上に出ている部分はステンレスの地肌が鏡のように磨かれていた。まわりは高さ四メートルもある分厚いコンクリートの壁で、まるで要塞のように囲われている。

掩体壕と呼ばれる、推進剤充塡《じゅうてん》用の区画はそのとなりにあった。

貯蔵区画と同じ高さ四メートルの分厚いコンクリートの壁が三方を囲み、もし大規模な爆発事故が起きても、衝撃はすべて空中に跳ね上げられるようになっている。この構造と目的が、空軍基地で軍用機の誘爆を避けるために機体ごとに作られる防御壁とまったく同じため、掩体壕と呼ばれている。

チャンの運転するコルベットで掩体壕についた時、ダイナソアはすでに推進剤を充塡する断熱パイプを外部タンクに接続して掩体壕の中央にうずくまっていた。

「ああ、いらっしゃい」

液体水素用と液体酸素用、二系統あるガイドアームに支えられたフレキシブルパイプをコントロールする作業車の開放型の運転席から、ヴィクターが顔を出した。

「用意できてるわよ」

「はあい」

コルベットから降り立った美紀は、機体の半分ほどをコンクリートの中に沈み込ませている宇宙機を見た。ジャッキに載せられて地面よりも低く下降している機体は、全長がかなり伸びる推進剤タンクを接続されているにもかかわらず、格納庫にあった時より小さく見える。

「それじゃ、オレ、コントロールに行ってるから」

美紀にボストンバッグとバスケットを渡して、チャンはコルベットをスタートさせた。

渡された荷物を置いて、美紀は昇降台に乗って沈み込んでいるダイナソアの機体のまわりを歩き始めた。型通り、乗り込み前の目視チェックを行う。

一周して、外部タンクと両側に固体ロケットブースターを抱えた機体のどこにも異常がないのを確認してから、美紀は、コンクリート面からダイナソアの上面にわたされているタラップを渡って、機内に乗り込んだ。

操縦室内は、かなり様相が変わっていた。前日まではきっちりセットアップされ、追加された機器も含めて整然としていたのが、いろいろと荷物が運び込まれて、出発前のキャンピングカーのような状態になっている。

『聞こえる、ミキ?』

ワイヤレスのインカムを付けると同時に、ヴィクターが呼びかけてきた。

「はい、聞こえます」

『予備部品やらカーゴベイに入りきらない荷物やら全部キャビンに入れたから、随分散らかっちゃったけど、ごめんなさい』

「大丈夫です」

『一通り固定はしてあるから、宇宙《そら》に上がっても漂い出すみたいなことにはならないとは思うけど』

身のまわりの品を詰めたボストンバッグをどこに押し込めるか考えて、美紀は操縦室側面のロッカーを開いた。プラスチックケースやらコンテナやらで埋められていたが、なんとかボストンバッグの入るスペースだけは空いている。

「どうせ、戻ってくる時にはかたづいてるはずですから」

『そうね、重力がなければかたづけも楽だろうし。でも、換えた部品を回収して帰るとなると、もっと込み合う可能性もあるわよ』

「……しまった」

スペース・デブリと呼ばれる宇宙漂流物を出さないようにするため、宇宙空間で出たごみをはじめとする不要物は、すべて持って帰ってくることになっている。軌道上に置き去りにされた部品や不要物は、漂流した挙げ句、天文学的確率ながら衝突事故を起こす可能性があるからである。

荷物をロッカー内部に固定して、美紀は操縦席についた。

正面の耐熱ガラスの向こうには、接続された推進剤タンクの構造がボンネットのように長く見えている。目を落とすと、オフィスのメインコンピューターと接続されたままのダイナソアの操縦パネルには、すでに灯が入っていた。キーボードを叩いて、飛行前《プリフライト》チェックを開始する。

『ハスラーよりダイナソア？』

インカムにガルベスの声が聞こえた。

「こちらダイナソアC、感度良好です」

五面あるディスプレイに表示される、機載コンピューターとオフィスのメインコンピューターを使った自己診断テストの結果を見ながら、美紀は答えた。

『どうだいお嬢ちゃん、よく眠れたかい？』

「それはもう、ぐっすり」

美紀は即答した。

『そいつは何よりだ。軌道に上がるまでに居眠り運転こかれたら、たまんないからな』

「しません、そんなこと」

ダイナソアに三基搭載されているフライトコンピューターのチェックが終了した。全系統に異常はない。続いて機体各部のチェックに入る。

掩体壕に、警報のようなサイレンが鳴り響いた。

『ただいまより液体酸素と液体水素の注入を開始。関係者以外は掩体壕から退出のこと』

型通りのアナウンスがヴィクターの声で流れた。ダイナソアの前部に接続された本体より大きな推進剤タンクを、沸点が零下一八三度の液体酸素、零下二五三度の液体水素で満たさなければならない。タンクは新複合素材とはいっても軽量化一点張りで最低限の断熱性しか考慮されていないから、極低温の推進剤は充填されたその瞬間から蒸発を開始する。

地球上に普遍的に存在する元素でもっとも激しく燃焼するのは酸素と水素の組み合わせである。爆発事故の被害を可能な限り少なくするために、推進剤充填中は付近は立ち入り禁止になる。

断熱パイプで接続された大型のタンクローリーから、液体水素の充填が開始された。

『もうすぐ、推進剤の充填が終わるわよ』

飛行前《プリフライト》チェックが終わるころ、ヴィクターの声がインカムに流れた。

『レディ・ハスラーのドレスアップが終わってるなら、エスコートしてきてくれない？』

『そういう言い方はやめろ』

苦虫を噛み潰したような声で、ガルベスが答えた。

『とっくにエンジンの暖機運転《アイドル・アップ》まで終わっている。そっちに向かうぞ』

『お待ちしてるわ。ミキ、そっちはチェック終わった？』

「終わりました」

最後にもう一度、計器板をチェックして、美紀はインカムに答えた。

『トイレに行かなくても大丈夫かしら？』

「だから、なんでそういうこと言うんです！」

『ダイナソア坊やをレディ・ハスラーにくっつける前に、坊やのハッチを閉じなきゃならないからよ。閉じたら最後、落ち着いてトイレに入れるのはもう一度帰ってきてからってことになるんだから』

「はあ……」

『飛んでる間はずっと地に足がつかない生活になるんだから、できることはできるうちに済ましておいたほうがいいと思うけど』

「大丈夫です」

『それじゃ、最後に見ておきたい人の顔はある？』

「はい？」

『すぐそばにいる人しか呼べないけどね。地上でハッチを閉じてから、もし帰ってくるまでに誰かが顔を出すとしたら、それは多分、非常事態ってことだから、そうなる前に見ておきたい人の顔があれば』

「非常事態になってから考えます」

『それじゃ、ハッチ閉めてちょうだい』

「了解しました」

美紀は操縦席のシートから立った。操縦室の後ろにあるタラップを昇ってハッチから顔を出す。

屋根の上に作り付けられた黄色い回転灯を回す、古い大型トレーラー用のトラックを改造したトラクターに引っ張られて、ゆっくりとハスラーが姿を現した。

アイドル・アップを終えたエンジンは停止している。トラクターは一度、掩体壕を通り過ぎてから、バックでハスラーをトーイングして掩体壕に入ってきた。

「つまり、これがこの目で直接見る地球の最後の風景になるかもしれないってことか」

ダイナソアのハッチから首だけ出して、美紀は呟いた。バックしてくるトレーラーの警告音と、よく冷えた推進剤がタンクの中に送り込まれる音だけが聞こえている。

『そう悲観したもんでもないぜ』

インカムで答えたのはガルベスだった。

『ほんの一時間か二時間で、地球のどこでも好きに見下ろせるようになるはずだ』

美紀は笑い出した。

「そうでしたね。ダイナソア、ハッチ閉じます」

『液体酸素、水素とも充填九五パーセント』

ヴィクターの声が聞こえた。

『燃料タンクバルブ閉鎖、ダイナソア結合準備』

「ダイナソア、ハッチ閉鎖」

分厚い気密ハッチを閉じて、美紀はロックした。ハッチの横のインジケーターで確認する。

「ドアモード、ロック、気密確認」

『いいわ。ハスラー、結合位置までバックしてきてちょうだい』

ウォーレンの運転するトラクターにプッシュバックされる形で、ハスラーはジャッキに載って地面より沈み込んでいるダイナソアの上に、ゆっくりと後退してきた。ダイナソアがはまり込んでいる細長い穴の両側を主脚が通り、上を機体が覆っていく。

『いいわよ。軸線、ぴったり合ってる。そのままバックして』

ある程度の前後左右への微調整はできるとはいえ、ジャッキに載っているダイナソアの上に正確にハスラーを持ってこないと、結合ができない。レーザーによる位置合わせまで動員したデリケートなプッシュバックで、ハスラーは掩体壕の中に停止した。

昇降台それ自体の位置を、上のハスラーに合わせて微妙に調整してから、ジャッキでダイナソアを上昇させてハスラーにドッキングさせる。操縦席に座っている美紀の目の前に、固定用のラッチをいっぱいに開いたハスラーの胴体が迫ってくる。

鈍い金属音が、換気装置が静かに作動しているだけのダイナソアの操縦室内に伝わった。推進剤タンクと、ダイナソアの機体の二カ所でダイナソアがハスラーに結合されたのである。

『結合確認、安全装置作動開始』

ガルベスが慣れているというよりは、めんどくさそうに伝えた。視界をハスラーの機体下面と推進剤タンクに奪われた美紀の位置からは、外の様子はほとんど見えなくなっている。

『結合確認、昇降台下降』

四隅にある黄色い回転灯を点滅させながら、昇降台が地面と同レベルまでゆっくりと下降した。昇降台の支えがなくなっても、ダイナソアがしっかりとハスラーに固定されているのを確認して、ヴィクターはインカムに告げた。

『オーケイ、ダイナソア坊やはレディ・ハスラーにしっかり抱え込まれたわ』

『了解。スペース・プランニング・ハスラーよりハードレイク管制塔《コントロール》、どうぞ』

『ハードレイク管制塔《コントロール》よりハスラー、聞こえています』

美紀も何度か交信している女性管制官が答えた。

『こちらハスラー、離陸準備完了した。離陸許可をくれ。飛行計画《フライト・プラン》は変更なしだ』

『ハードレイク管制塔《コントロール》、離陸を許可します。二五滑走路を使ってください』

ミキはヘッドセットとヘルメットをつけ、操縦席のベルトを締めた。並みの飛行機よりもはるかに厳重な気密措置《そち》の施されている宇宙機では、非常事態以外は酸素マスクは使わない。

ハスラーは、トラクターに引かれたまま誘導路を通って滑走路の端に到着した。進入方向を示す滑走路いっぱいに書かれた25の数字のすぐ先で停止し、トラクターがトーイングバーごと首脚《ノーズギア》から切り離され、誘導路に戻っていく。

『第一エンジン始動』

液体燃料を満載した宇宙機を結合するために、止められていた四基のジェットエンジンが順に始動される。

予備のディスプレイに、母機であるハスラーの状況が表示されている。視界はほとんど利かないし、飛行前《プリフライト》チェックは終わっているし、空中発射前のカウントダウンが始まるまでは美紀にはやることはない。

『ハスラー、離陸する』

四基のエンジンをすべて始動した超音速爆撃機は、スロットルレバーを離陸出力に入れて滑走を開始した。静止状態で合計八〇トンを超す大推力が、早くも外部タンクまわりに白く霜の付き始めた重い宇宙機を抱えた中型爆撃機を、最初ゆっくりと、しかし力強く押し出す。

十分離陸速度を稼いでから、ハスラーは大きな機首上げ姿勢をとって離陸した。離陸出力から最大出力に落として高度を上げていく。分厚く塗り込められた耐熱塗料のためにウィンドウはすべて白く染められ、外部視界はゼロに等しいから、操縦席のガルベスは、レーダーとディスプレイの表示を頼りに上昇していく。

『こちら機長だ』

ダイナソアの美紀に、ハスラーのガルベスの声が聞こえた。

『どうだ、乗り心地は』

「……正直言って、落ち着きません」

美紀は答えた。ハスラーの下面と推進剤タンクの間のわずかな隙間から洩《も》れる光で空の色くらいはわかるが、現在位置も高度も速度も、ヘッドアップディスプレイの与えてくれる数字でしか知ることができない。

「外は見えないし、自分でコントロールできるわけじゃないし」

『たまにはのんびり乗客やってな。半時間も我慢すれば、打ち上げ予定空域だ』

重い宇宙機を抱えたまま、空中発射母機であるハスラーは南下するコースをとった。このまま太平洋上に出て、しばらく飛んでから左に反転、機首を東に向けて発射のための上昇を開始する。

洋上が発射予定空域なのは、万が一の事故の時に機体を投棄しても影響が出ないため、そこから南北アメリカ大陸のある東に打ち上げるのは、地球の自転速度を脱出速度に加えるためと、発射直後に故障が起きた場合に緊急着陸できる飛行場がいくらでもあるためである。

美紀は、推進剤タンクの充塡状況を確認した。極低温燃料はタンクの中で沸騰して蒸発していく。タンクを密閉したままだと内圧がどんどん上がるから蒸発した分は放出するしかない。切り離しの前には燃料を満充塡しておきたいから、液体酸素も液体水素も発射寸前まで母機であるハスラーからの補充塡が続く。

『発射高度への上昇を開始する』

予定空域に入ると同時にゆっくりと反転して、ガルベスは美紀に告げた。一度、一万五千まで上昇してから緩降下に入り音速突破、そのままフルアフターバーナーで加速上昇《ズーム》を開始する。

「了解しました」

美紀は、ダイナソアのキーボードにコマンドを打ち込んだ。補充塡用の結合線が解除され、細い配管で接続されていたダイナソアの推進剤タンクが密閉される。

「自動発射シークエンス、開始します」

大気密度や加速の状態、エンジンの調子など、様々な要素によってカウントダウンは停止《ホールド》されたり省略されたりすることがあるが、これによってハスラーとダイナソアは自動発射態勢に入った。ハスラーは最大効率による上昇を続け、その頂点で切り離されたダイナソアは自動的にロケットに点火されて、さらにははるかな高みを目指す。

ガルベスは幾度となく繰り返しているフライトであり、美紀にしてもシミュレーションで何度も訓練したシチュエーションの再現である。

『高度二万、マッハ二』

高度は順調に上がっているが、換装された強力なエンジンにフルアフターバーナーを焚き込んでも、速度はゆっくりとしか上がらない。

『高度三万、液体酸素《LOX》の噴射を開始する』

その感覚だけは、まだ実際には体験していない。推力が一倍半以上に跳ね上がるという液体酸素の噴射開始を聞いて、美紀は加速を予想してヘッドレストに頭を当てた。

まるでエンジンの数が倍増したような加速が、ダイナソアに襲いかかった。

真っ白な耐熱塗料で前面を保護されたハスラーは、アフターバーナーノズルから長いオレンジ色の噴射炎を曳《ひ》いて急上昇した。自重を超える推進力を与えられたハスラーが、四五度の上昇角をとってさらに速度を上げていく。

マッハ三を超え、空力加熱に晒された耐熱塗料が蒸発を始めた。蒸発することによって空力加熱を吸収する耐熱塗料が残っている間だけ、ハスラーは極超音速飛行が可能になる。

『高度三万五千突破、メインエンジン始動シークエンス開始』

速度と高度を感知したコンピューターの指令によって、ダイナソアのメインエンジンが自動的に始動シークエンスに入った。プリバーナーに液体酸素と水素が送り込まれて点火され、燃料ポンプが燃焼ガスの圧力によって動き始める。

「燃料系、推進系異常なし」

『切り離し、自動カウントダウン開始。こっちも異常は出ていない』

ガルベスがインカムで答えた。空中発射シークエンスは、ハスラー側もコンピューターにコントロールを任せた自動操縦状態になる。

『もうすぐ限界高度だ。何か言い残すことがあれば聞いといてやるぜ』

「そうですね」

美紀は少し考えた。

「……お土産は何がいいですか?」

ガルベスは笑い出した。

『免税品店《デューティー・フリー・ショップ》に寄れるようだったら、うまいテキーラでも買ってきてくれ』

「わかりました。最終カウントダウン、入ります」

ヘッドアップディスプレイのカウントダウンの数字は、すでに時間、分の単位までがゼロが並んで、あと秒の単位しか残っていない。

カウント一〇、全系統最終チェック完了。

カウント五、ハスラー限界高度に到達。

カウント四、結合部安全装置解除。

カウント三、固体ロケットブースター安全装置解除。

カウント二、ダイナソア、ハスラーとの回路切断。

カウント一、全発射準備完了。

ヘッドアップディスプレイにゼロの数字が並ぶと同時に、ダイナソアはハスラーから放出された。カウントプラス一でメインエンジン全開、プラス二で固体ロケットブースターに点火する。

まだうっすらと白く耐熱塗料が残っているハスラーの操縦席のフロントグラスの向こうに、ガルベスは放たれた強烈な光を見た。

『メインエンジン、ブースターとも燃焼正常!』

美紀の嬉しそうな声が、ヘッドフォンの向こうに聞こえた。空力加熱による高熱が最後の耐熱塗料を溶かし去り、開けた視界の中を黒い空に向かって上昇していく光の矢が見える。

『仰角五〇度、推力正常。行ってきまーす』

発射直後でも三G以上の加速度を受けているだろうに、その声からは何のストレスも感じられなかった。ハスラーのエンジンに対する液体酸素噴射が停止され、出力が絞られる。空中発射の役目を終えた母機は、このまま減速しながら空気に乗って飛ぶ領域に帰っていく。

しかし、放たれた子機は地球の重力を振り切るぎりぎりのところまで昇っていく。

ハスラーの腹から放出されると同時に、ダイナソアに視界が戻ってきた。しかし、その直後に大きな上昇角をとって強力な加速が開始されたから、美紀には正面の宇宙空間しか見ることはできない。

とっくの昔に音速を超えているから、固体ロケットブースターの轟音もメインロケットの衝撃波を伴う噴射音も聞くことはできない。操縦室に伝わってくる振動と身体を押さえつける加速Gによって、飛行を確認することができるだけである。そして、まもなく音そのものが意味をなくす領域に入る。

フライトディスプレイによれば、ハスラーから放たれた時にダイナソアに与えられていた速度は、正確にマッハ三・四九だった。低衛星軌道に上がるにはマッハで二四以上、静止衛星軌道に上がるには、さらにマッハ四〇にまで加速しなければならない。

『こちらハードレイク』

無線に声が入った。

『飛行《フライト》コントロール。ダイナソアC、飛行は順調かい？』

「こちらダイナソアC」

美紀は、通信に出ているのがチャンであることに気がついた。

「万事快適よ。何も問題はないわ」

『送られてきてるデータとこちらの観測によると、そちらの高度は一〇万メートルを超している。NASAの規定による宇宙空間の最低高度より上だ。おめでとう、これでミキも本物の宇宙飛行士だよ』

「ほんものの……」

言われて、美紀は正面に見える宇宙空間を見直した。

「……ありがとう」

『これからの軌道はわかってると思うけど』

チャンはすぐに仕事の話に入った。

『もうすぐ固体ブースターを切り離す。低衛星軌道《LEO》には入らずに一気に高軌道《HEO》を目指す。静止衛星軌道への投入と目標の放送衛星スターバードへのランデブーは、一度に済ますことになってる』

「わかってるわ」

ディスプレイ上では、すでに両翼の固体ロケットブースター切り離しのカウントダウンが始まっている。

『メインエンジンの燃焼が終了したら、遷移《せんい》軌道で無重力に入る。そしたら、船内気圧を下げて船外作業の準備だ。宇宙服に着替えて支度が終わるころには、ランデブーも完了してるだろう』

「でしょうね」

美紀は、腕時計を見た。ストラップは、宇宙服の上からでもはめられるように特製の長いベルクロ留めに変えてある。

『というわけで、それまでに食事とトイレは済ませておいて』

「だからトイレは大丈夫だって言ってるのに」

『だって、最大八時間の船外作業だぜ』

気にもしないで、チャンは続けた。

『できれば、宇宙服の尿排出システムは使いたくないんじゃない?』

「そりゃそうだけど……」

『まあ、宇宙空間に放出される小便てのはすごくきれいに見えるって話だけどね。それと、食事もしっかりしておくように』

「あーっ、忘れてた」

美紀は思わず声を上げた。

『なに？　抱いて寝るはずのクマさんでも忘れたか？』

「そんな趣味はない！　せっかくミス・モレタニアに作ってもらった朝御飯食べるの忘れてたのよ」

通信回線に短い沈黙が流れた。

『もし機内に持ち込んだまんまなら、早いとこ食べ始めたほうがいいと思うけど』

「ええと、どこ置いたっけ」

シートベルトをはずすまでもなく、シートの横にはまり込んでいたバスケットがすぐ手に引っかかった。

「……ええと」

ディスプレイをチェックする。

「固体ロケットブースター、燃焼終了。切り離し」

ダイナソアの両側で炎を噴いていたブースターが、爆発ボルトで切り離された。切り離された時の指向性爆発による反動で、両側に広がるように機体から離れ、落ちていく。

「メインエンジンの燃焼は、あと四分ちょいってとこか」

外部タンクの中の推進剤を使うにつれて、全体重量も減っていく。メインエンジンの推力は変わらない——どころか、大気圏内では衝撃波の形成などで食われていたエネルギーが、ほとんどすべて推力に変わるようになるから、真空中では推力は逆に上がることになる。

今回のミッションでは静止軌道まで一気に上がるため、最初に加速できるだけ加速して第二宇宙速度寸前までの速度を得るから、燃焼終了まで加速Gはじわじわと増えていく。

「いいわ、メインエンジンの燃焼停止《カットオフ》まで待つ」

美紀は正面の窓の外に目をやった。機内の照明はディスプレイと計器灯だけだが、それでもどこに何があるのかは十分わかる。

「こんな、まっすぐ垂直に上昇してくような上向いた状態で食事したくない」

実際には上昇角度は九〇度には達していないのだが、推力による加速Gをまともに背中で受けるために、垂直上昇が続いているような気分になる。

『いいけど、ミス・モレタニアのサンドイッチは宇宙食じゃないぜ』

チャンは呆れたように言った。

『無重力で地上の食事することになると、サーキュレーターのそばでぼそぼそ食うことになるぞ』

無重力状態で、重力があることを前提に調理された食べ物を食べる場合、最大の問題になるのは、あたり構わず飛び散る食物屑《くず》である。飛び散った屑は機内、機外を問わずふわふわと漂い続け、どこかに入り込んだ挙げ句に何かの回路をショートさせたり、可動部分を故障させる可能性もある。

これを防ぐには、無重力仕様で室内の大気を吸い込むことによって換気するようになっているサーキュレーターのそばで物を食べるしかない。

「いいわよ、せっかく宇宙で食事できるんだもの。細かいこと気にしないわ」

『それと、ラップはしてあると思うけど、たぶんお茶はマグカップに入ってると思う。――重量計算には入ってたかな?』

宇宙飛行は厳密な物理計算に支配される。そのため、宇宙船とそれに持ち込まれるありとあらゆるもの――宇宙飛行士から食料、貨物、下着に至るまで――の重量は計測され、すべて記録されて軌道計算に使われる。

「……多分入ってないと思う」

美紀は、加速Gのおかげで随分重く感じるバスケットを目の前にぶら下げてみた。

「……早く食べちゃったほうがいいかな」

『念のために言っとくけど、食べちゃったって宇宙船の総重量は変わんないからね』

「わかってるわよ、それくらい」

美紀は苦笑いして答えた。

空中発射後、八分二〇秒でダイナソアC号機はメインエンジンの燃焼を終了した。到達速度は秒速一〇・六キロメートル、第二宇宙速度と呼ばれる地球脱出速度の寸前である。ここから先、宇宙船は惰性で静止衛星軌道まで昇っていく。目標となる高度と場所はあらかじめ狙い澄まされており、コンピューター制御による精密な軌道と加速によって、あとは黙っていてもそこにたどり着けるはずだった。

メインエンジンの燃焼を終了したダイナソアは外部タンクを切り離し、慣性飛行に入った。無重力状態になった機内でシートベルトをはずした美紀は、さっそく側面に取り付けられたサーキュレーターの前に飛んでいって、宇宙空間で最初の食事を開始した。

子供時代の軌道飛行を除けば、宇宙飛行士の訓練のために美紀が経験した無重力状態は、飛行機の弾道飛行によってごく短い時間——一度に数十秒——しかない。だから、時間制限なしの無重量状態はいろいろと遊べる楽しいものになるはずだったが、スケジュールが詰まっている業務飛行では遊んでいられる時間はほとんどない。

目標となる静止衛星軌道上の放送衛星、スターバードとのランデブーは、地上からのコントロールとダイナソアの自動操縦で行われる。それまでに美紀は、宇宙服に着替えて機内の減圧をしておかなくてはならない。

宇宙船内の標準気圧は一気圧、それに対して純粋酸素を呼吸する宇宙服の内圧は、少しでも下げて作業をしやすいように〇・三気圧である。真空の宇宙空間では空気の詰まった宇宙服は風船のように膨《ふく》れ上がり、膨張した宇宙服の中では手を握るにも物をつまむにも筋力が必要になる。

また、小型のダイナソアにエアロックはない。寝室であり、食堂であり、キャビンである操縦室をエアロックにも使わなくてはならないから、機内の気圧を少しずつ下げて、身体を慣らす必要がある。

慣性飛行に入り、機体の一方だけの太陽による加熱を防ぐため、ゆっくりと縦軸に機体を回転させるロースト飛行するダイナソアの機内で、美紀は地上と連絡を取りながらひとつずつ仕事をかたづけていった。

ときどき操縦席の前の窓に目をやったが、暗い宇宙空間に非現実的に光る星しか見えなかった。ときおり、太陽が機内を照らし出すことがあったが、強力すぎる光から宇宙船を守るために、窓には自動的にスモークがかかって太陽光を軽減した。その状態では、星を見ることなどできない。

食事をかたづけ、慣性飛行に異常がないのをチェックして、船外作業のための減圧を開始する。減圧のセッティングをしてから、宇宙服への着替えを始める。

機内用のモニターカメラが切られているのをしつこいほど確認してから、美紀は地上での作業服とあまり変わらない機内服を潔《いさぎよ》く脱ぎ捨てた。下着だけになってから、宇宙服を身に着けるための水冷式アンダースーツを着始める。

伸縮性の化学繊維の間を縦横に走る細いチューブに、身体を冷やすための冷却液が通されている。宇宙服を着ての船外作業はかなりの重労働になるし、宇宙服の中で汗をかきすぎると蒸発してヘルメットの内側を曇らせたり、どこかに滞留したりして、ろくでもないことになることが多い。そのため、宇宙飛行士は宇宙服の下に体温維持のための水冷式アンダースーツを着なければならない。

厚手の全身タイツのようなアンダースーツを身に着けると、次は宇宙服本体に潜り込む。上下二分割されている宇宙服の中に潜り込み、腹部をきっちり合わせてシールドしてから各回路の接続を確認する。下着に織り込まれた細いパイプが冷却水の循環を開始するのを確認し、バックパックの酸素と電力に十分な容量があるのも確認する。

それからシールドを上げた状態のヘルメットを装着し、手袋をはめる。二重、三重のアタッチメントで厳重に保護され、気密される宇宙服を、無重力状態で一人で着るのは簡単な作業ではない。何より、美紀は地上での着用訓練しか行っていないから、予想外に時間がかかってしまった。

『ミッションコントロールよりダイナソア、ミキ、コスチュームチェンジは終わった？』

宇宙服の着用が終わったらこちらから連絡する手順だったのにもかかわらず、しびれを切らしたらしいチャンが声をかけてきた。美紀は宇宙服の通信回線で応答した。

「こちらダイナソア。もうすぐ終わるわ。ごめんなさいね、背中のチャックに手が届かなかったの」

宇宙服にそんなものはない。

『じゃあそのままで聞いてくれ。飛行状況は順調、ダイナソアは予定通りの軌道で静止軌道上のスターバードに接近してる。いまのところ、すべてスケジュール通りだ』

「了解」

美紀は手袋をはめた手で、ヘルメットのインナーシールドを下ろした。気密ボルトを締め込み、胸のコントロールパネルで内圧を高めにしてみて気圧が上昇するのを確認する。しばらくそのまま待ってパネルを見てみるが、かなり敏感に調整されているはずのセンサーに空気洩れは感知されない。

宇宙服の内圧を標準に戻して、美紀は告げた。

「いま、宇宙服の着用が終わったわ」

『予定ぎりぎりってとこだね』

チャンが答えた。

『あと三〇分でダイナソアはターゲットにランデブーするから、そろそろ機内の最終減圧を開始してくれ。身体の調子は大丈夫?』

「問題ないわ」

これればかりは宇宙に出てみないとかかるかどうかわからないという宇宙酔いの兆候もない。ダイナソアの機内の状態はすべてデータリンクされて地上でもモニターされているから、減圧が順調に進んでいるのはミッションコントロールでもわかっている。

『ミキはラッキーだよ』

わずかながらタイムラグを感じるようになった無線で、チャンは言った。地上から静止軌道上の宇宙船に電波が伝わるまで、八分の一秒ほどの時間がかかる。

『太陽はいまのところ安定している。太陽フレアなんかで避難する必要はない。安心して作業できるよ』

「ここまで上がってきて、太陽フレアの天気待ちなんてしたくないわ」

太陽は、ときどきフレアの爆発を起こす。こうなると通常時をはるかに超える放射線を含む太陽風が四方に撒き散らされることになり、バン・アレン帯によって保護されているはずの低軌道でも、宇宙服ひとつでの船外作業などできなくなる。

『外に出て景色を見る時は、サンバイザーを下ろすのを忘れるなよ』

「わかってるわ」

宇宙服のヘルメットで、太陽光防護のためのサンバイザーはシールドに純金を薄く蒸着したものが使われている。地球上の物質でもっとも熱反射に優れたものは金であり、ごく薄く延ばした金は濃いグリーンに透《す》けて見える。

「景色か」

ヘルメットの中に反響する自分の声の残響を感じながら、美紀は呟いた。

「まだ、ゆっくり見てないのよねえ」

ダイナソアの窓は二カ所だけ、操縦席正面のキャノピーと乗降用ハッチの小さな覗き窓しかない。ダイナソアは慣性飛行中だから、姿勢制御して機首を地球に向ければ母星の姿も見えるはずだが、そんなことをしている時間的余裕はなかった。

それに、今回は静止軌道まで上がるというダイナソアの限界ぎりぎりのミッションだから、反動《リアクション》コントロールシステムのハイパーゴリック推進剤も可能な限り節約するようにという至上命令が出ている。

『外に出れば好きなだけ見れるよ。ところで、ダイナソアのカメラでターゲットの衛星を摑まえてるんだけど、見とく?』

「見る」

操縦席の後ろで宇宙服相手に悪戦苦闘していた美紀は、横になって操縦席に身を乗り出した。重力下では不可能な体勢だが、無重力状態ではどうということもない。

五面あるディスプレイのひとつを、実写映像に切り換える。ダイナソアの正面のウィンドウの内側に備えられた高精度CCDカメラが、蝶のように太陽電池の翼を広げた通信衛星を捉えていた。

「これか……」

美紀は呟いた。光学最大望遠の映像をさらにデジタル処理で拡大した映像らしく、空気による揺れや歪《ゆが》みのない真空中なのにもかかわらずかなり荒れた画像である。

『現時点で、相対速度は秒速一キロ半くらいだ』

ミッションコントロールのチャンが補足説明した。

『ランデブーが完了するころには、相対速度もほとんどゼロになってるはずだけどね』

地球上から高速度で飛び出したダイナソアの速度は、慣性飛行に入ってから、地球の重力に引かれる形でじわじわと減速されている。静止軌道に届くころには、秒速一〇キロを超えていた機速もほとんどゼロにまで減速される。そのままではまた再び地球に墜ちる長楕円軌道のまま地球を周回するから、静止軌道に乗るには遠地点でもう一度加速しなければならない。

「あれが、あたしの仕事場か……」

呟いてから、美紀は遠地点噴射に備えてシートに着いた。正確なタイミングと噴射量が要求される遷移軌道から静止軌道への移行は自動で行われる。

美紀は最終減圧のためのコマンドをコントロールパネルに打ち込んだ。

機体に余裕のないダイナソアでは操縦室をエアロックにも使わなくてはならない。

しかし、減圧したとはいえまだ〇・七気圧もある機内を高真空の機外に向けて開け放つと、とんでもないことになる。断熱膨張で瞬間に膨れ上がった空気は、機内を暴風となって吹き荒れ、乗降ハッチから高速で吹き出した空気は、その反動でせっかくランデブー軌道に乗っているダイナソアの飛行経路をねじ曲げてしまう。

だから、ハッチを開ける前に機内をゆっくりと外と同じ真空にしなくてはならない。

『最終減圧開始。一五分で減圧終了予定』

ヘルメットの中に響く自分の声を聞きながら、美紀は言った。

『それまでにやることは……ないはずよね』

『外に出たら出たで、やることがいっぱいあるけどな。まあ、それまでは休憩時間だ』

美紀は、窓の外に目をやった。コクピットのＣＣＤカメラで捉えられた標的の衛星は、双眼鏡でも使えば星の海の中から見分けられるはずである。

『もう少しで、静止軌道か』

機首を見上げたまま、美紀は呟いた。

宇宙服の中に、機内の減圧終了を告げるかろやかな電子音が流れた。

『こちらダイナソアＣ、機内減圧終了。現在機内、機外とも気圧ゼロ』

左腕の気圧計を見た美紀が報告した。宇宙服の酸素量も電力も異常ない。

『こちらミッションコントロール、モニターしている』

気をつけていなくても、はっきりとタイムラグがわかるようになった通信回路で、チャンが答えた。

『どうだい、真空中での宇宙服の着心地は』

『……何とかなるわよ』

美紀は機内でラジオ体操のように身体を動かしてみた。訓練生だった時に地上の真空チェンバーの中で宇宙服を着た時よりは動きやすい。しかし、三分の一気圧しかないとはいえ、内圧で宇宙服は目一杯ふくらんでいるから、腕ひとつ曲げるにも筋力がいる。

『こんな時のために、トレーニングしてきたんだから。ええと、すぐに外に出ても大丈夫かしら？』

返事が戻ってくるまでに、タイムラグ以上の間があいた。

『太陽フレアは問題ないってたって、宇宙線がばりばりに通ってることに変わりはないからねえ。健康な老後を送りたければ、できるだけさっさと機内に戻れよ』

『宇宙飛行士が宇宙線を怖がってちゃ、商売にならないわ』

宇宙服を着ただけで、操縦室がさらに狭くなったような気がする。乗降ハッチに身体を浮かせた美紀は、機内と機外の気圧が両方ともゼロになっているのを確認して、ハッチのロックを解除した。

『ドアモード、マニュアルに切り換え』

口に出して確認し、気密レバーを解除する。それまで厳重に押さえつけられていた乗降ハッチが、ふわりと浮かび上がった。

これでやっと宇宙に出られると思って、美紀はわずかの間手を止めた。思い切って、機外にハッチを大きく開く。

満天の星空が、頭上に広がっていた。大気がないために非現実的なほど瞬《またた》かない星が、太陽がすぐそこに出ている昼間だというのに無限に見えている。

サンバイザーを下ろして、美紀は上半身を機外に乗り出した。腰に接続した命綱――もっとも古典的かつ確実な非常手段――がきっちりその役目を果たしているのを確認して、さらに機外に乗り出していく。

『ミッションコントロールより、宇宙飛行士へ』

チャンが声をかけてきた。

『どうだい、外の具合は?』

『……言葉でなんか、表現できない』

ダイナソアから完全に浮かび上がった美紀は、全身の力を抜いて自由落下状態に身を任せていた。

『すっごく、自由な感じ』

『オーケイ、ベイビー。振り返ってごらん』

おそらくチャンは、その台詞を用意していたのだろう。地上管制官は囁くような声で言った。

『ちょうど、満月《フル・ムーン》が見えるはずだ』

言われて、太陽の光をまともに浴びていた美紀はゆっくりと身体を回転させた。

後ろに、まるで嘘のようにぽっかりと青い、丸い地球が浮いていた。

『あれが……地球』

手を伸ばした先のビーチボールほどの大きさで、吊り糸も支えもなしに青い球体が浮いていた。太平洋がこちらに向いているから、最初に外から地球を見た男が言ったように、それは青く見えた。

美紀は思わずヘルメットのサンバイザーを跳ね上げた。地球光の青い光が、まともに美紀の顔を射た。

太陽を背にしているから、地球はその全身に太陽を浴びて見える。その光が明るすぎて、周辺に散っているはずの星々は無限の黒に呑み込まれて見えない。そして、地球よりさらに奥に、地上で見るよりわずかに小さな月が寄り添うような満月《フル・ムーン》で見えた。

『どうだい？　ミキの位置からなら、ちょうど満月に見えるはずだけど』

『きれい……』

感極まったように、美紀は呟いた。

『地球が……世界が、すごくきれいに見える』

『地球が？　……ああ、そうか、地球《ここ》もよく見えるはずだよな』

『ちがう』

説明しようとして、美紀は言葉に詰まった。

太平洋のあちこちに、真っ白な雲が張り付いている。南北アメリカ大陸とアフリカ大陸の砂漠化が進み、オゾン層の破壊と炭酸ガスの増加によるらしい気温変化で平均海面が上昇して陸の輪郭線が変わり、未だにやまない地球環境そのものの汚染によって、都市部上空の大気は黒く濁って見える。青いはずの海洋も、まるで染みのように白い雲の下からかすかに濁って見えるところがいくつかある。

その姿は、かつて最初の男たちが見たものとかなり変わっているはずだったが、それでも地球は青いまま、太陽の光を浴びてそこにあった。

『……そうか、あたし、あそこにいたんだ……』

その瞬間、美紀は人類という種に関する哲学的命題のひとつを理解したような気がした。人間がどこから来て、どこへ行く何者なのか、美紀はいままで考えたこともなかったが、少なくともいま、どこにいるのかははっきりとわかった。

『……何？　何、言ってんだ？　酸素酔いにでもなったか？』

『大丈夫……酸素供給も内圧も異常ないわ』

地球の光を顔に感じながら、美紀は答えた。

『よかったら教えて。いま、そばに誰かいる？』

『そばに？　近所で活動してる有人宇宙船がいるかってことか？』

『そう。この側に、他にも誰か人が乗ってる船がいるのかなと思って……』

『なんだよ、ここを出て半日もたってないのにもうホームシックか』

『そんなんじゃない！』

『はいはい。ええと、最新のフライトスケジュールだと……』

三万六千キロ彼方のミッションコントロールから、答えが返ってくるまでにしばらくかかった。

『インド洋上のサテライト・ラボに人が入ってる。あと、大西洋側の静止軌道に移動中《ドリフト》のベンチャースターがいるけど、近いほうでも直線距離で四万キロは離れてるな』

『そうなの……』

『あとはラグランジュポイントまで昇ってけば、知っての通り、作りかけの中継ステーションがあるけど』

『わかった。半径三万キロに、あたし一人しかいないのね』

『おいおい、ほんとにホームシックじゃないだろうな』

『大丈夫よ、そんなんじゃない。でも、すごくきれいな世界なの』

透明なシールド一枚だけを通して直《じか》に見た地球の姿を忘れまいと思って脳裏に焼き付けながら、美紀はゆっくりとサンバイザーを下ろし始めた。

『一人で見てるの、なんかもったいないみたいな気がして』

『なんかあったのか?』

『帰ってからゆっくり説明したげる。……うまく説明できるかどうかわかんないけど』

サンバイザーを固定して、美紀は慣性飛行を続けるダイナソアの機首のほうに向いた。ディスプレイで見たのと同じ衛星が、星の中からはっきりとその形を確認できる距離にまで見えてきている。

『さあ、もうすぐ仕事場に到着でしょ。カーゴベイ開いて日曜大工の準備始めたほうがいいんじゃないかしら』

『大丈夫そうだな』

チャンは仕事に戻った。

『その調子なら問題ないだろう。カーゴベイを開けて、船外作業用の有人軌道ユニット《MMU》を引っ張り出してくれ。それから、レーザー距離計測機《レンジファインダー》でスターバードとの正確な距離を測定する』

『了解』

ダイナソアのすぐ上でふわふわ浮いていた美紀は、命綱を手繰《たぐ》って宇宙機に戻った。一度機内に入り、作業準備を開始する。

「なんとかなりそうじゃない」

ハードレイクの宇宙飛行管制《スペースミッションコントロールセンター》は、管制塔と同じビルの中にある。

今回のミッションは宇宙飛行士一人による単独飛行、しかも放送衛星の定期点検というルーチンワークなので、もっとも小規模のコントロール・ナンバー三がスペース・プランニング用に使われていた。

午後になって起き出してきたジェニファーは、ミッションコントロールに顔を出して、地上管制のチャンと美紀との交信を聞いていた。

「まあ、何とかなるんじゃないの」

ミッションディレクターのマリオは、目標衛星との最終ランデブー軌道の修正をしながら答えた。

「どうせこっちの手の届かないところに上がっちゃってるんだし、そんなに複雑な作業やらせるわけじゃないし、いまさら心配してもしょうがないよ」

キーボードを叩く手を止めて、マリオは社長のほうに振り返った。

「ひょっとして、何とかならないかもしれないと思いながら彼女を宇宙に放り出したわけ?」

「そんなこと、あるわけないでしょ」

ジェニファーは苦笑いして答えた。

「それに、もしそうだったとしても、社長のあたしがはいそうですなんて答えると思う?」

「思わない」

マリオは再びキーボードを叩き始めた。

「まあ、何か問題が起きるとしたら、作業開始してからだろうけどね」

X－DAY　プラス1

ジェニファーは、やっとベッドに潜り込んだところを電話のベルで叩き起こされた。

「ガルベスう？」

眠そうな声で、社長は電話に適当に答えた。

「何よこんな時間に、老人は早寝早起きする主義じゃなかったの？」

『できればそうしたいところだったんだがな』

電話の向こうのガルベスの声からは、微塵《みじん》の眠気も感じられなかった。

『問題が起きた。すぐにミッションコントロールまで来てくれ』

「いったい何が起きたの」

バスローブを羽織ったジェニファーが、飛行管制室に飛び込んできた。

「あの子が何かドジでもやらかしたの？」

コントロールには、すでにガルベス、ヴィクターまで揃っていた。マリオが熱心にキーボードを叩いており、チャンが軌道上のダイナソアと交信している。

　メインスクリーンには、軌道上のダイナソアの位置と送られてくる実写映像が、何面か映し出されている。

　ただし、カメラはすべてダイナソア側に固定されたもので、こちらからのコントロールを受け付けるのは、カーゴベイから延ばされたロボットアームに付いているものだけである。自由に動けるカメラは宇宙作業用の有人軌道ユニット《MMU》に付いているものだが、これは現在ダイナソアに係留されて停止しているから、ダイナソアの映像は送られてきていない。

「いや、こちらのミスじゃない」

　コーヒーカップ片手のガルベスが答えた。

「スポンサー側のエラーだ。スターバードの、位置制御用のハイパーゴリックの減りが早すぎるんだ」

　衛星の姿勢制御、シャトルの反動《リアクション》コントロールには、ハイパーゴリックと呼ばれる四酸化二窒素、モノメチル・ヒドラジンの組み合わせが使われている。これは、燃料であるヒドラジンに酸化剤の四酸化二窒素が触れただけで点火する自己着火性を持つため、姿勢制御エンジンに点火装置の必要がなくなる。

　ダイナソアの姿勢制御や軌道変更にも使われるこの推進剤は、静止軌道上のスターバードにも共通して使われていた。今回のミッションでは、静止衛星へのハイパーゴリックの補給も予定に入っている。

「知っての通り、静止衛星ってのは地球の自転とぴったり同じ周期の軌道に乗っているから地上から静止して見えるってだけで、一周二三時間五六分の高軌道に乗ってる普通の衛星だ」

マリオは、ワイヤーフレームで描かれた軌道概念図と衛星のモデルを、メインスクリーンに映し出した。

「で、実際には地球の公転軌道は、地球の自転軸が傾斜してずれてたり、太陽や月の影響受けたり、自転してるおかげで地球が完全な球でないとかいろいろと理由があって、必ずしもひとつところに静止してるわけじゃない。ただでさえ、地球から見てさしわたし一五〇キロ四方、奥行き五〇キロくらいの空間をふわふわ漂ってて、ほっとけばそのうち自転に置いてかれてずれてくもんなんだけど」

「素人じゃないんだから、それくらいは知ってるわ」

ジェニファーはうなずいた。

「それで、何が問題なの？」

「そういうわけで、静止衛星は最低でも月一くらいで推進《スラスター》ふかして、決まった場所にいるように面倒見てやらなくちゃならない」

チャンが、いったんダイナソアとの交信を切って、話に加わってきた。

「姿勢制御は衛星の中でぶん回してるジャイロで何とかなるにしても、位置制御には確実にスラスターを使うから推進剤が減ることになる」

「それで？」

「それが、足りないんだ」

「スターバードのハイパーゴリックが？」

チャンはうなずいた。

「敵は高画質、高性能を売り物にしてる放送衛星だからね、だいたい一週間と空けずに位置制御をして、衛星を定位置から動かないようにキープしてる。だもんで、いま直接ミキに確認してもらったけど、これが予定よりもかなり減っちまってるんだ」

「ここんとこ、太陽フレアが結構連続してたものねえ」

ジェニファーは、最近一年の記憶をひっくり返した。

「太陽風に吹き戻されちゃったりしたんじゃないの？」

「それも原因のひとつだろうが」

「だいたい、スターバードのテレメーターでガス欠かどうかくらいわからなかったの？　そんなこと、打ち上げ前の準備段階でチェックするべきことでしょ」

「そこらへんも調子がおかしかったんでね。今回の優先点検項目にはしっかり入ってるし、位置制御用のスラスターのコントロールに関しては、予備部品まできっちり持っていってる」

チャンは、今回の飛行の衛星軌道上での作業のための分厚いマニュアルの表紙を、ジェニファーに示してみせた。

「向こうだって素人じゃないからね。タンクの残量計が当てにならないらしいってわかってからは、かなり綿密な計算をして、それで今回の補給分もかなり余裕を見て持って上がったらしいんだけど、どうやらそれでも足りないらしい」

「持ってった分だけ入れて帰ってくる！」

ジェニファーは明快に答えた。

「だってそれしかないでしょ。こっちはそういう契約で仕事受けたんだし、だいたいダイナソアのハイパーゴリック回したら、減速用の燃料が足りなくなってミキが帰ってこれなくなっちゃうじゃない」

「そっちはそれでいいとすると、もうひとつの仕事の方はキャンセルだな」

ガルベスは難しい顔で、先ほど連絡を取ったばかりの電話機に目をやった。

「もうひとつの仕事？　なに？」

「二四時間前に事前の告知はあったんだが、さっき緊急要請に変わった」

チャンは、広げたままのノートPCのディスプレイをジェニファーに向けた。

「小惑星探査機スターダスト18。最後の軌道修整ができなくて、このまんまだとサンプル回収カプセルごと大気圏突入して燃え尽きる」

「資源探査用に小惑星を順に調査してるって、あれ？」

ジェニファーはディスプレイに目をこらした。

「いつの間に一八基も飛ばしたのよ」

「スターダストは今年になってから打ち上げられた26号が最新だよ。C型S型M型問わず行きやすい小惑星の近接探査と、可能なら標本持ち帰り《サンプルリターン》してめぼしい鉱物資源探してる」

「知ってるわよそれくらい」

チャンの説明に、ジェニファーは頼りなさそうに答えた。

「探査機ごとに行き先が違うから、スポンサーも違う、んだっけ？」

「そうです。初期は学術調査でJPLがメインスポンサーだったんですが、二桁になってから行き先ごとにスポンサーもミッションも異なってます。18号は二つのC型小惑星を接近調査して、最後にM型の小惑星、2013BF14に着陸、サンプルの採取に成功しました」

「思い出した！」

ジェニファーは声を上げた。地球以外の星への探査機の着陸はそれほど珍しいイベントではなくなったが、それでも2013BF14へのスターダスト18号の着陸は天文業界よりも宇宙開発業界で話題になった。

「アストロボーイね！」

小惑星は炭素が主体のC型、岩石型のS型、金属元素を主成分とするM型に分類される。さらに細かい分類もあるが、M型小惑星である2013BF14への着陸は他のM型と違う結果が期待されていた。

太陽輻射熱だけでは説明できないほど、小惑星の発生する熱が大きい。

小惑星の起源については、太陽系同様にまだ定説はない。しかし、かつて大きな惑星が砕けた小惑星だった場合、超ウラン元素を含む放射性元素が惑星中心で自重により濃縮されて高濃度で存在する可能性がある。

宇宙空間に高濃度放射性元素が存在すれば、核燃料を地上から打ち上げる危険なしに宇宙空間で原子炉を構築できる。原子炉そのものはそれほど複雑な構造を必要としないし、何より宇宙空間での使用が前提なら地球上のような法的制限を受けない。地上では莫大な量の遮蔽材を必要とする放射線防護も、居住区や司令区画を置く一方向だけで済む。

宇宙空間に原子炉を構築することについて、一般社会はまだはっきりとした意見を表明していない。しかし、宇宙開発業界では宇宙空間に於ける原子炉のメリットは火星以遠の太陽電池による電力供給効率が大幅に落ちる深宇宙探険用であるとして様々な計画が提案されている。

２０１３ＢＦ14は、反射能《アルベド》から予想される小惑星の温度よりも実測される温度が高く、比重が重いことからウラン鉱脈として有望視されていた。２０１３ＢＦ14への探査飛行をスポンサーした核エネルギー調査開発機構は、スターダスト18の着陸とサンプル採取成功に合わせて小惑星をアストロボーイと名付けて派手に宣伝した。

「……あれの着陸って、去年じゃなかった？」

「スターダスト18のアストロボーイへの着陸は一年半前です」

チャンは、ジェニファーに向けたままのノートＰＣのディスプレイに必要事項を呼び出した。

「やっと地球圏まで戻ってきて、カプセルだけ地球に放り出して、本体はまた次の探査に向かう予定だったんですが、最後の最後でケチが付きました」

チャンは、画面を切り換えた。

「スターダスト18は、スターダストシリーズの第二世代の初期型に当たります。第一世代と比べてイオンジェットの推進力と推進剤を大幅増加、安全確実頑丈な機体で太陽系を駆け巡る斥候って触れ込みですが、あちこち欲張った設計と新機軸のおかげで前線での運用はてんやわんやだったそうで」

「よくある話じゃない」

ジェニファーは興味なさそうに手を振った。

「で、その18号が何をどうして緊急要請なんかしてるの？」

「最初は言うことをよく聞くいい子だったらしいが、ひとつ目の小惑星に接近した辺りからだだっ子になったらしい」

ガルベスが状況を要約した。

「ほんとだったら残りふたつからもサンプル採取する予定だったが、最後のひとつだけにしたのもその辺りの事情が絡んでいるようだ。まあ最初のふたつはC型、小惑星としちゃサンプルは揃ってるからな」

「最後のM型だけサンプル採取に賭けたのは、将来の商業的成功を睨んで、か」

ジェニファーはディスプレイの画面を見直した。

「成功したんでしょ？　サンプル採取。土埃《ダスト》程度しか持って帰れなくても、分析には充分じゃないの？」

「掘削《ボーリング》に成功したって話ですよ」

チャンはディスプレイの画面を切り換えた。中空の特殊なドリルを使って細い棒状のサンプルを岩石の中から削り出す専用の採取装置《サンプラー》の構造説明図と写真が表示される。

「小惑星表面からのサンプル回収、地球帰還だってまだ数えるほどしかないのに、今回はM型小惑星から、ウラン鉱床の可能性付きのサンプルです。おかげで、核エネルギー調査開発機構が提示してるサンプル回収の成功報酬は今年最高額」

チャンはディスプレイを核エネルギー調査開発機構が緊急に公開した告知文に切り換えた。

ジェニファーはうっと呻き声を上げた。

「ずいぶん気前がいいじゃない」

「データだけで売り込みするのと、現物目の前に説明するのとじゃ広告効果が桁違いですから」

　チャンはさらにディスプレイを切り換える。

「あまりといえばあんまりな金額に大手がいくつか問い合わせしてますが、言い値でも呑みそうな勢いです」

「成功報酬だもの、提示するだけならタダで済むわ」

　ジェニファーは平静を装っている。

「回収したカプセルの現物持ってくるまでは小切手の用意もしなくていいんだから、成功報酬の大きさだって宣伝にもなるだろうし」

「しゃちょ、目の色が違ってます」

「口先だけにしてもこんな成功報酬ぶら下げられるなんて、さすが大手は資金に恵まれてるわね」

　ジェニファーは溜め息をついた。

「それで、うちなんぞ逆立ちしても敵わないような大手がいくつか手を挙げてるってことは、もうどこが出ていくか決まってるんじゃないの？」

「いまのところ、ひとつも」

　チャンは首を振った。

「敵は惑星間航行速度でぶっ飛んでくる探査機です。位置とタイミングが合わせられて、余力のあるチームは限られます。成功報酬が桁違いだからって、いまから超特急でミッション組んで再突入カプセルだけ救うような時間もない。軌道上で動けるチームはうちのところも含めて三つか四つありますが、ひとつ間違えたらスターダストともども大気圏突入して流れ星になっちまいますからね」

「駄目なの？」

ジェニファーは、ディスプレイの成功報酬金額と飛行管制室のガルベス、チャンの顔を見回した。コンソールに着いているマリオは無表情にキーボードに指を走らせており、こちらを向きもしない。

「何せブツは惑星間航行速度だ」

ガルベスは難しい顔で首を振った。

「いまのままじゃ残り少ないハイパーゴリック使ってなんとかカプセル回収しても、減速も何もできない。こんな高速でこんな角度で大気圏に突入したら、どんな耐熱防護してあっても大気圏突入で燃えちまうし、うまく切り抜けても高密度の高層大気まで来てそこで爆発しちまうだろう」

大気密度は地上に接近するにつれて急速に上昇していく。首尾よく大気圏突入の熱に耐えた流れ星でも、地上近くで急上昇する大気が濃密な壁のように立ち塞がって爆発四散させることが多い。

「じゃ、しょうがないじゃない」

ジェニファーは未練がましくディスプレイの表示金額から視線を剝がした。

「特別料金はありがたいし、小惑星にそのまんま原子炉に放り込めるようなウラン鉱床があればそりゃあ太陽系の未来も明るくなるけれど、せっかく札びら切ってもらった核エネルギー調査開発機構には泣いて貰いましょ。神様でもないのに、物理法則に喧嘩売る気はないわ」

「わかった。じゃあ軌道上《うえ》にそう伝えよう」

チャンはヘッドセットをかぶりなおした。

「……何とかなる、かもよ」

それまでキーボードを打っていたマリオが手を止めて、息をつくように言った。

「ええ!?」

管制室内の全員の視線が、マリオに集中した。

「要するに、惑星間航行速度のまんま大気圏突入ができればいいんだろ。帰りが少し遅くなるけど、できない問題じゃない」

「ちょっと待ってくれ、ミキ」

チャンは一度は開いた回線に呼びかけた。

「飛び込みの仕事について、マリオがなんか提案があるそうだ」

「賭け金は大きいけど手のうちのカードは限られてるってのに、どんなイカサマ思いついたっていうの？」

ジェニファーに見つめられて、マリオは恥ずかしそうに笑った。

「わかりやすく言うと、大気圏突入を三回に分けて行う」

「どういうことよ。天体物理の計算ができなくても、わかるように説明できるの？」

「できるよ。そんな難しいことやるわけじゃないもの」

「まず、これが通常の減速軌道」

メインスクリーンには、地球を中心とした静止衛星軌道が、コンピューターグラフィックで描き出されていた。

「静止衛星軌道上で点滅してるのがダイナソア。通常なら、進行方向に逆噴射して軌道速度を落として降りていく。もちろん、降下するにつれて重力に引かれて加速もつくから、だいたい速度を四〇パーセントくらい落とさないと、安全に大気圏突入するような速度には減速できない。まあ、噴射制御のたびに、ある程度の軌道変更も利くし、一番安全確実なオーソドックスな方法だ。ただし、この方法は逆噴射でせっかく得た軌道速度を殺さなきゃならないから、山のように推進剤を食う」

「まあ、基本だわね」

「で、今回の飛行。静止衛星軌道上のダイナソアは、降下軌道ではなく突入してくるスターダストにランデブーするため、ありったけの推進剤で急減速を行う」

静止衛星軌道上で点滅していたダイナソアの輝点が、大きく軌道の内側に飛び出した。静止軌道に止まるための速度を殺したから、放物線に地球に引かれて落ちる軌道に入る。

「スターダストは、この軌道で地球に戻ってきます」

マリオは、メインスクリーンにほとんど直線に見える軌道を重ねた。外宇宙から侵入してきた輝点が高速のまま地球の縁に飛び込む。

「ばっちり地球衝突軌道、角度が急なんで高層大気で一気に燃え尽きるかな。この角度で突入したら、熱防護されてる回収カプセルまできれいに燃え尽きて蒸発するでしょう。大気圏突入速度は地球重力に引かれる分だけ加速して秒速一五キロを超えてます」

「わあお」

地球重力を振り切る第二宇宙速度を超える速度に、ジェニファーは小さく叫んだ。

「ちょっと待ってよ、そんな速度で大気圏突入して、ダイナソアは大丈夫なの？」

「もし、ダイナソアがこの軌道で大気圏突入したら、ですか？」

マリオは前提条件を確認した。

「そりゃ無理です。ダイナソアの熱防護は通常の大気圏突入に耐えるのが精一杯、厳重に熱防護されてる再突入カプセルと比べたら卵と防弾ケースくらいの差があります。宇宙空間飛ぶことしか考えてないスターダストよりは長持するでしょうが、成層圏までもたどり着けずに光となって消えるでしょう」

「ちょっと待ちなさいよ」

ジェニファーは思わず声を荒らげた。

「なんとかなるんじゃなかったの？　今回の追加ミッションを受けるに付き、うちの宇宙飛行士も機体も余計な損傷や被害受けないのが第一条件だからね。回収カプセルにどんな高価《たか》い値段付けられたって、依頼主《クライアント》の目の前に置けなきゃ一セントにもならないんだから」

「わかってますって」

マリオはジェニファーに手を振った。

「ダイナソアは、カプセルを機内に回収次第軌道を変更します。ハイパーゴリックも景気よく使いまくって機体も軽くなってますから、反応も多少はよくなってるはず」

地球突入軌道をとっているスターダストから、ダイナソアの軌道が斜めに離れた。そのまま地球表面に貼り付く。

「ダイナソアは、スターダストよりずいぶん浅い角度で大気圏突入します。速度は通常の大気圏突入よりずいぶん大きいけど、この角度なら燃えちゃう心配はない」

「それでも、かなり速いわよ」

大気圏突入角度を見たヴィクターがマリオに視線を向けた。

「それに、深い。突入速度をもっと殺さないと、ダイナソア、やっぱり燃えちゃうわよ」

「そりゃあ、このまんま降りてこようとすればね」

車椅子のマリオは、コンソールに置いていたレーザーポインターを取って、メインスクリーンの大気圏突入ポイントに当てた。

「この周回では、ダイナソアは成層圏に突入しない。大気圏の上層部を超高速飛行して、熱限界ぎりぎりでもう一度軌道上に飛び出す。一回目の大気圏内飛行はだいたい六〇〇秒で、地球の丸みに沿って背面飛行することになる。そうしないと、大気圏に弾かれて別な軌道に飛び出しちゃうからね」

「エアロブレーキングか……」

ガルベスはうめいた。マリオはうなずいた。

「この飛行で、ダイナソアの速度はだいたい秒速一〇キロくらいまで落とせるはずだ。大気圏内でコントロールすれば再上昇軌道もある程度コントロールできて、おそらく遠日点二万キロくらいに長楕円軌道を小さくすることができる。計算では、これを繰り返して、どんどん軌道の長径を小さくしていけば、最終的に低軌道から戻ってくるような安全な大気圏突入ができるはずだ」

「また、とんでもない手を考えついたもんだな」

ガルベスは、スクリーン上に描かれていくダイナソアの予定軌道を目で追った。地球を一方の中心とする楕円は、二重に描かれて最終的に大気圏に突入する。

「機体は保つのか？」

「安全係数は二〇パーセントとった。大気圏内飛行は、速度と大気密度を計算してるから、並みの大気圏突入よりは負担が少ないはずだし、熱くなった機体も軌道上で十分に冷える。問題は地上での点検なしに、大気圏突入を合計三回繰り返すことだろうと思うんだけど」

マリオは、整備主任のヴィクターに目線を向けた。ヴィクターはこれ見よがしの大きな溜め息をついてみせた。

「随分と厄介ないかさま思いついてくれたもんね。まあ、ダイナソアの耐熱フレームは強化カーボン・カーボンだから問題ないと思うけど……」

「大気圏内に降りてくるよりも、衛星軌道上にいるほうが耐熱パネルの損傷も少ないはずだし、ダイナソアの熱上昇も十分許容限度内だ。カタログ上は、楽にできるはずの飛行だよ。減速のために余分な軌道を取ることになるから、帰還予定は丸二日くらい遅れることになるけど」

ジェニファーは、ガルベスと顔を見合わせた。

「……どう思う？」

「マリオができるってんならできるんだろうが、まずは」

ガルベスは、メインスクリーンに一部分だけ映し出されているダイナソアに目をやった。

「軌道上《うえ》の現場にいる奴に話を聞いてみな」

「秒速一五キロで大気圏突入⁉　マッハ五〇で大気圏内飛行⁉」

地上からモデル図といっしょに送られてきた飛行計画を見て、美紀は思わず声を上げた。

「ちょっと待ってよ、いままでに大気圏内飛んだ飛行機で一番速かったのって……」

『スペースプレーンがスクラムジェットの全開テストで、マッハ一七を記録してる』

チャンはマリオが回してきたデータを斜め読みした。

『それより前だと、一九六七年のX－15の最高速フライトになっちまうな。高度三万でマッハ六・八だ』

「秒速一五キロか……ダイナソアの規定突入速度に安全係数かけてぎりぎりじゃない」

操縦席のバックレストにもたれて、美紀はおそろしげに呟いた。

「最初の高度が一〇〇キロってことは、うっかり垂直降下に入ったら六秒で地面に激突するってことね」

『その前に、高密度大気に入って爆発しちまうさ』

「それで、六〇〇秒ってことは、だいたい七〇〇〇キロ突っ走るわけか。アメリカ大陸の西海岸から東海岸に行くのに、五分かからないってわけね」

ふふっと美紀は笑い出した。

「おもしろそうじゃない。できるって言うんなら操縦するわ。これでも、超音速の計器飛行だって経験あるんだから」

『悪いけど、ミキは操縦できないよ』

通信に加わってきた声を聞いて、美紀は思わず声を上げた。

「マリオ⁉︎　――どういうこと、パイロットが操縦できないなんて」

『機体が溶けないように、なおかつ大気圏外に飛び出さないように、一〇メートル先の髪の毛にナイフを投げて縦に二つに裂くような、かなり微妙なコントロールが必要になるんだ。回収した部品で機体は重いまんまだし、ミキにできるような操縦じゃない』

「それじゃ、誰が飛ばすのよ！」

『ぼくさ』

三万六千キロ彼方の地表から飛んできた声には、誇りが込められていた。

「……あなたが？」

美紀は、思わず無線に聞き返した。

「地上にいるあなたが、このダイナソアを飛ばすって言うの？」

『正確に言うと、ぼくのプログラムがダイナソアをコントロールするんだ。秒速一五キロなんていうスピードじゃ、それこそ上昇角や下降角が一度違っただけで機体が燃えたり大気圏外に飛び出したりするけど、コンピューターなら一〇〇〇分の一秒単位で機体を制御できる。いくらミキでも、一秒間に一〇〇回も舵を切るなんてできないだろ』

「そりゃあ……」

それは人間の反射神経を超えた作業である。

『ぼくなら、それをやれる。まあ、やるのはコンピューターで、ぼくが直接舵を動かすわけじゃないけどさ。どうする？　この方法を使えば、推進剤をほとんど使わないで重いダイナソアを大気圏突入速度まで減速できる。ダイナソアのハイパーゴリックでスターバードを満杯にして、しかも確実に地球に帰ってこられる』

「安全に、じゃなきゃいやだな」

ちょっとすねたような美紀の言い方に、マリオの反応が少し遅れた。

『え？』

「パイロットは、機体と乗客を無事に地面に降ろすのが仕事よ。あたしのダイナソアをまかせるんだもん、しっかり飛ばしてよね」

『まかせて』

マリオは嬉しそうに答えた。

『誰がやるよりも、うまく飛ばすからさ。安心して乗っていていいよ』

「そうさせてもらうわ」

美紀は通信を切った。窓の外に目をやる。

機体姿勢の関係で、ちょうど正面に地球が見えた。美紀は、口の中だけで呟いた。

「しっかりやんなさいよ、パイロット」

X-DAY プラス2

すべての任務を完了したダイナソアは、最終チェックを完了してスターバードから離れた。スターバードが地上からのチェックでも異常がなく、正常に稼動を再開したのを確認して、軌道離脱を開始する。

静止軌道上で機尾を進行方向に向けたダイナソアは、減速よりも降下を目的にした逆噴射を地球に向けて行った。最大推力で、きっかり二〇秒。

地球を回る正円軌道から放り出されたダイナソアは、重力に引かれて地球に落下を始める。この時点で、ダイナソアが予定の長楕円軌道に入ったことが、ハードレイクのミッションコントロールで確認された。

長楕円軌道の遠日点で秒速およそ二キロにまで速度を落としたダイナソアは、重力に引かれて徐々に加速しながら高度を落としていく。物理法則にしたがって、高衛星軌道の位置エネルギーを忠実に速度に変換しながら、どんどん地球に接近していく。

「高度三万六千キロからの自由落下《フリーフォール》よ」

美紀は地上のミッションコントロールに伝えた。

「機体の速度も順調に上がってるし、今のところ飛行は異常なし」

『こっちの予定軌道上に障害物はない』

チャンは、地上からのデータを美紀に転送した。

『まあもっとも、低軌道に入るころには秒速一二キロなんていう隕石並みのスピードになるからね。障害物があったって、こっちからは避けようがないけど』

「こっちのハイパーゴリック、ほとんどスターバードに呑ませてきたのよ」

美紀は、ディスプレイ上で推進剤の残りをチェックした。衛星軌道上で残量がゼロになると、軌道変更どころか姿勢制御までできなくなる。

「これで、予定外の軌道変更があったら、どこかから燃料補給してもらわないと帰れなくなっちゃうわ」

『まあ、そうなったらそうなったで、またなんとかするよ。最新の軌道データと、それからこれが大気圏内飛行時の制御プログラムだ』

デジタルデータ回線で、大量のデータがダイナソアのコンピューターに流し込まれた。

『基本的には、ダイナソアの大気圏突入時の姿勢制御プログラムを改変して使ってる。まっさらのプログラムじゃないし、うちでも何度もチェックしてるから大丈夫のはずだ』

「そうでなきゃ困るわ」

美紀は、ディスプレイ上を高速で流れていく数字の列を目で追った。

「この操縦プログラムって、マリオが組んだんでしょ」

『そうだよ。あれからすぐ作業にかかって、実質二四時間で組み上げてデバッグしてテストまで終わらせたんだから、たいしたもんだぜ』

「こっちでも、チェックしてみるけど」

非常に大きな長楕円軌道だから、近日点の寸前で大気圏突入するまでには、まだ随分と時間が残っている。

「マリオはそこにいるの？」

『いや。寝てないから、さすがに部屋でひっくり返ってるよ。本番までには戻ってくるはずだけど——呼んでこようか？』

「寝てるんならいいわ」

フライトコンピューターにプログラムをインストールして、美紀はモードを切り換えた。かなりデータ容量の大きなプログラムである。

「船外活動《EVA》、どうする？」

美紀は気になっていたことを聞いてみた。

『何が？』

「余分な仕事が増えたおかげで、予定通りの時間使っちゃったでしょ。覚えてない？　予定の七〇パーセントで終わるかどうか賭けしたの」

『ああ』

チャンは何でもなさそうに言った。

『せっかくダウンタウン一のレストランを予約しといたんだけどね、そっちが遅れそうなんで残念ながらキャンセルだ』

「あら残念」

『戻ってきたらゆっくり奢ってもらうさ、アメリアズで』

「仕方ないわね」

美紀は苦笑いした。

『特製メニューを注文してある。こんどは間に合うように帰ってこいよ』

「そのつもりよ」


その日の夜、ダイナソアは予定された通りにスターダストへの最終接近シークエンスを開始した。

小惑星探査機は惑星間航行速度で地球に墜ちていく。低軌道を飛ぶ衛星よりも倍近く速い速度だが、惑星間空間ではこれでも這うような低速である。

ダイナソアは、予定通りスターダスト18号から切り離されてほんの一〇〇メートルほど先の軌道を先行して飛んでいた再突入カプセルを無事回収した。巨大な中華鍋ほどもある回収カプセルは美紀の操縦によりロボットアームで捉えられ、ダイナソアのカーゴ・ベイに回収、固定された。

固定確認と同時に姿勢変更、エンジン全開で軌道変更。カーゴ・ベイの閉鎖を確認した直後、ダイナソアは予定通りに大気圏に突入した。

通常の大気圏突入は、もっとも加熱されることになる機体の下面を重力の働く下に向けて行われる。しかし、大気圏内を高速で通過することによる空気抵抗で減速するという今回の飛行では、かなり変則的な突入姿勢が取られた。

秒速一五キロ高速で高度一二〇キロの大気圏上層部に突入する寸前、ダイナソアはくるりと機体を横転させて背面飛行に入った。頭上に地球の丸みを見ながら、その表面に薄く張り付いた大気の層の中に飛び込んでいく。

背面で大気圏突入するのは、ダイナソアの発する揚力を求心力に使い、地球大気圏に沿って丸く飛ぶためである。

通常の姿勢で機体の重さだけを武器に大気圏内へ飛び込むと、速度が速すぎるためにダイナソアは再び軌道上に弾き出されてしまう。そのため背面姿勢で、擬似的に地球表面に沿ってゆるい上昇を続けることで、大気圏内にとどまる。これが、マリオの弾き出した飛行法だった。

あるかなしかの薄い大気でも、機速が高すぎるために空気抵抗となって、機体のまわりで空力加熱が起きる。空力加熱は大気圏内に進入するにつれてどんどん進行していき、ついには大気がプラズマ化してダイナソアを包み、外部との通信を完全に途絶させてしまう。

オレンジ色に光り輝くプラズマを窓の外に見ながら、美紀はダイナソアの飛行姿勢を監視していた。地球は頭上にあり、背面飛行中なのに、あまりの高速で地球の丸みに沿って飛ぶための遠心力で、美紀は足元に対する重力を感じていた。久しぶりのGに、軽い目眩を感じる。

「宇宙機って、こんな飛び方もできるのね」

プラズマ化した大気に機体を包まれているから、外を見ることはほとんどできない。また見ることができたとしても、高度一〇〇キロ、秒速一二キロでは目標になるようなものはない。

そんな状況で、コンピューターは機体の姿勢を検出し、予定軌道に沿ってダイナソアを確実に飛行させていた。超高速で演算を繰り返す電子回路が、機体中に張り巡らせたセンサーで状態を感知し、その結果を動翼にフィードバックして飛行をコントロールしている。

操縦桿を見た美紀は、ふと自動操縦を切って手動でコントロールしてみたい欲求にかられた。未だかつて、大気圏内でこんな速度をコントロールしたパイロットはいないはずである。

操縦桿に手をかけて、美紀は苦笑いした。

「マリオが怒るだろうな、手を出すなって」

美紀はディスプレイに目を走らせた。ダイナソアは予定の飛行経路を順調に消化し、機速を落としている。ただし、大気圏突入の間だけ耐えるように作られた機体の熱限界がそろそろ近い。

「そろそろ、離脱するのかな」

ディスプレイのカウンターにゼロの数字が並んだ。地球大気圏を超高速で背面飛行していたダイナソアは、弾かれたように機体を降下——つまり地球から上昇——させた。

大気圏の空気抵抗から解放されたダイナソアの機内で、美紀はまるで放り出されたように無重力空間に戻ったことを知った。楕円軌道に戻ったダイナソアが、次の高みに向けて上昇を開始する。

『ミッションコントロールよりダイナソア』

ブラックアウトから通信が回復すると同時に、チャンが呼びかけてきた。

『どうだ、ミキ、生きてるか?』

「こちらダイナソア」

初めての大気圏突入を経験した直後だけに、落ち着いた声を出すにはちょっとした努力が必要だった。

「無事、生きてるわよ。C号機も、機体各部異常なし。まあだちょっと、あったまってるけどね」

言いながら、美紀はフライトディスプレイに目を走らせた。通信が回復すると同時に、大気圏内飛行中のデータがまとめてミッションコントロールに送信されているはずである。

『どうだった？』

「背面飛行で、足元に重力がかかったのはアクロバット以外じゃ初めてだわ」

美紀は、飛行中の最大荷重を読み取った。ディスプレイ上で、それはZ軸マイナス方向、つまり背面飛行をするダイナソアの下面に対して一・二Gの重力がかかったことを示していた。

「マリオに伝えといて」

美紀は言った。

「見事な飛行だったって」

『あと二回残ってる』

チャンに代わって、マリオが通信に出てきた。

『いまの飛行データと突き合わせて、次はもっとスムーズな飛行にできると思う。いまので、大気圏上層部のデータがだいぶ直せると思うから。ところで、大気圏内飛行の最中に、操縦桿に触った？』

見られていたかのように、美紀はどきっとした。

「触っただけよ。自動操縦切ったりはしてないけど」

『切ろうとか思ったんじゃない？』

「何でそう思うの？」

『GGがさ、パイロットってのは、どんな状況でもとりあえず自分で操縦してみたくなるもんだって、いまの見ながら言ってたから』

「……その通りよ」

笑いながら、美紀は白状した。

「今回は思いとどまったけどね、次回の飛行、あんまり無様なようなら、こっちにコントロール戻しちゃうからね」

『そうはさせないさ。何なら、退屈しないようにバレルロールとかシザースでもプログラムの中に追加しとこうか？　無重力に慣れた身にはきついかな』

いずれも、戦闘機動用のアクロバットである。

「やってごらんなさい。ハードレイクの上空でビクトリーロール決めたげるから」

敵機を撃墜して帰ってきた戦闘機が、基地上空で機体を横転させるのがビクトリーロールである。

『そこらへんにしとけ』

チャンが回線に戻ってきた。

『次の大気圏突入は一六時間後だ。それまでにゆっくり休んでおけよ』

X－DAY　プラス5

その機体は、宇宙《そら》から飛んで来た。ハードレイクの滑走路に向けて、高速を保ったまま最終進入に入る。

胴体それ自体が揚力を発生する黒いリフティングボディ機の着陸は、通常の翼がある飛行機に比べてはるかに難しい。しかし、通常の進入角度より一〇倍も急な勾配《こうばい》を降りてきたダイナソアは、最後の瞬間に機首を上げ、まるで黒鳥のように滑らかにハードレイクの滑走路に降り立った。

「ダイナソアC号機よりハードレイク管制塔《コントロール》」

機体が停止したのを確認して、美紀は管制塔に告げた。

「着陸完了。的確な誘導に感謝する」

『そういや、最初に降りてきた時もそう言ったけな』

早朝の着陸のため、また臨時の管制官をやっているチャンが無線で答えた。

「そうだったわね。ところで、燃料がなくて自力じゃ一歩も動けないのもおんなじなんだけど」

『とっくにトラクターがそっちに向かってるよ。いま滑走路に入った』

「ありがとと。それじゃまたあとで」

シートベルトをはずして、美紀は久々に一Gの重力の下で立ち上がった。

「……あたしって、こんなに重かったっけ」

うまく歩けないような気がして、よたついてしまう。交換部品やコンテナを固定した操縦室の後ろに回った美紀は、ステップに手をかけて乗降ハッチを開き始めた。

「ドアモード、マニュアル。内部、外部とも一気圧、と」

手順通りに確認してから、一気にハッチを開け放つ。早朝の冷たい空気が、ダイナソアのキャビンに流れ込んできた。

美紀は、かすかに埃《ほこり》っぽい砂漠の空気を胸いっぱいに吸い込んだ。

「荒れ地の空気がこんなにおいしいなんて、思わなかった」

「よう、お帰り」

乗降ハッチから上半身だけ出した美紀に、ダイナソアの横に止まったトラクターの運転席から誰かが声をかけた。見ると、ダイナソアのハッチとほぼ同じ高さにある長距離用のトラックの運転席で、ハンドルを握っているのはガルベスだった。

「無事生還したな。おめでとう」

「…………」

微笑みかえして、美紀はガルベスに敬礼した。

「そうだ、どうして人間が宇宙に行かなくちゃならないのか、やっとわかりましたよ」

「ほお？」

ガルベスは、運転席の窓から身を乗り出して腕を組んだ。

「聞かせてくれ。どうしてだ？」

「自分がどこにいるのかを知るためです」

意味ありげに両目を見開いてから、ガルベスはゆっくりとウィンクした。

「いい答えだ。乗りな」

ガルベスは運転席を開けて、滑走路に飛び降りた。

「こいつを格納庫に引っ張っていったら、パーティーの用意ができてるぜ」

来なかった未来の答合せ

創元SF文庫版あとがき

まだ昭和だったかも知れないくらい昔の話。

その日笹本は、子供の頃から念願だったワシントンDCのスミソニアン航空宇宙博物館を初めて訪れていました。

正面玄関を入ってすぐのマイルストーン・ギャラリーと名付けられたホールの天井には、世界で初めて飛んだライトフライヤー、その向かいには初めて音速を突破したベルX－1。二〇二一年の今と、配置がちょいと違うのよね。当時はソ連のミサイルなんかまだ博物館まで来てなかったし。

いちばん早く飛んだノースアメリカンX－15の向かいには、いちばん遠くを飛んでるヴォイジャーの打ち上げられなかった予備機、現物とそっくり同じ機体が天井から吊り下げられています。

すぐ目の前にはアポロ月着陸船。これも現物同様の実機。

ついに来たかー、と思いつつ、笹本はとんでもないことに気付いてしまいました。

あれだけ大好きでさんざん調べた機体なのに、今まで、どれも現物を見たことがなかった。おれは本物を見たこともないのに好きだの嫌いだの言ってたのか。

すでに歴史上の存在なので、記録が残っていて確実に現物と同じものを見れて調べられるアポロやヴォイジャーなんかそれだけでも貴重で大事なのですが、「現物を見たことない」ってそんなことも気付いてなかったのかってそっちがショックでねえ。ええ、何十年かのブランクを埋めるべく、その日は一日航空宇宙博物館で過ごしました。


時は流れて二〇〇〇年。ライト兄弟が初飛行したキティ・ホークの丘があるオハイオ州デイトンの米空軍博物館で、笹本は巨大な展示施設の中で一機の中型爆撃機を見上げていました。

コンベアB－58ハスラー。F－104スターファイターやF－4ファントムと同じエンジンを四基装備した、一九五〇年代初飛行、六〇年配備開始の超音速爆撃機。日本で最も簡単に手に入るもっとも詳しい解説書、世界の傑作機シリーズが執筆当時に出てなかったんで、いろいろ苦労して調べたのよねえ。初版が出たあとに世界の傑作機でも出て、イラストレーターともども「あの時にこれがあれば」って笑ったっけ。

写真で見ると、四発ってこともあってDC－8やB－707みたいな初期ジェット旅客機くらいのサイズにも見えるB－58ハスラーですが、実機の全長は三〇メートルと二回りも小さい。着陸脚のタイヤなんか、軽自動車用ですかってくらい小さい。

運用コストが八発重爆撃機のB‐52と比べても倍！　とか余分な知識を持って見ても、この適度なサイズ感。これなら、中小企業でもなんとか運用出来そうなのよねえ。


というわけで、宇宙開発の現場取材と、アメリカの航空宇宙事情を改めて思い知らされたあと、「おれ、こういうのやりたかったんだ」って趣味丸出しではじめた星のパイロットをお届けします。

執筆は一九九七年。インターネットは存在してたけども笹本の自宅にはまだ繋がっておらず、ケータイ持ち始めたのは一九九五年からって個人的な時代背景を考えても、未来予測は願望含みで胸張れるところとそーでもないところが混在しております。

執筆当時に考えてた星のパイロットの時代設定は、だいたい二十年から三十年先の近未来。それくらい経てば、民間でも宇宙開発してそうな気がしたのよねえ。

現代の目で自作を読み返してみると、予測的中したところもあり、外してたところもあり。ケータイ電話しか持っておらず、ネット環境も普通じゃなかった時代に書いてた割には、ネットワークが日常生活の一部になってるところはそう外してないと思います。民間で宇宙開発が開始されてるってのもまあ合格点だろう。

外したのは、空中発射型宇宙機だなあ。打ち上げ時の天候にあんまり左右されず、地上に巨大施設を建造する必要もないんで行けるんじゃないかと思ってたんだがなあ。稼げる打ち上げ質量つまり節約できる推進剤が一割か二割じゃーしょーがねーか。

もっと外したのは、再利用型宇宙機がいまだに主流じゃないって辺りかなー。

再利用型宇宙機として華々しくデビューしたスペースシャトルは、整備運用コストの面で期待ほど打ち上げコストを下げられず、後継機の開発には全部失敗。だったら、使い捨てした方が安いんじゃないのか。

再利用型ブースターは現在トップのスペースXのおかげで着々と実用化が進んでいますが、それにしたってあのでかいブースターが大昔のサンダーバード3号やウルトラホーク2号みたいにノズル下に向けて軟着陸してくるようになるとはねえ。

そして、まだそれが主流になるかどうかはわからない。

作中では火星への有人飛行は行なわれたことになってますが、現実の世の中ではその予定はまだ確定もしていません。次の十年で計画が本格始動するか、それが国家主導か民間かもわかりません。

しかし、一番の予想外だったのは、自分が宇宙開発に関わるようになったこと、です。大樹町《たいきちょう》で現在打ち上げられているISTのロケット、その最初の開発は、洗足池《せんぞくいけ》にあるまんが家あさりよしとおの仕事場で開始されたのです。洗足池から千葉の鴨川《かもがわ》に開発拠点が移り、さすがに燃焼実験はそこじゃ出来ないってんで北海道は赤平《あかびら》に行って開発続行。

やってることは手伝いだから、配管用パイプ曲げたり切ったり、記録用カメラ設営してリモコンで撮影したり。普段の執筆とは似ても似つかぬ地道な作業が、でも宇宙に続いてるかもしれないって考えるだけで楽しかったのよねえ。

我々の宇宙開発は、単段式ロケットの弾道飛行で宇宙空間と規定される高度一〇〇キロに届くところまで来ました。国内民間初の快挙です。

現実の宇宙開発は、物理法則、化学方程式に支配され、材料力学の許容する範囲で作られたロケットに限界ぎりぎりの性能を発揮させることで成り立っています。いっさいの御都合主義や超技術なしの現実世界で行なわれる宇宙開発が楽しくて面白くてねえ。

そして、ＳＦ作家としては考えるわけです。この先になにがあるのか、と。

我々の会社であるインターステラテクノロジズは、恒星間飛行を社名に冠しています。太陽系を出て行くのはいずれ目指すべき目標だけど、んじゃその頃の宇宙開発はどうなっていて、どんな世界になっているか。

そんな構想をいじりはじめた頃、その世界は《星のパイロット》の延長線上にあると気付きました。

《星のパイロット》は現実の技術、開発中の技術の上に構築された世界です。その世界の未来像が、この構想にはまるんじゃないのか？

相談を持ちかけた東京創元社は快く笹本の構想を受け入れてくれ、まずは前作となる《星のパイロット》の復刊をしてくれることになりました。
たぶん、次世代の話になる《星のパイロット》の新作は、現在執筆中です。ご期待下さい。

笹本祐一

本書は一九九七年三月に『星のパイロット』としてソノラマ文庫（朝日ソノラマ）より刊行され、二〇一二年七月に加筆修正のうえ同タイトルで朝日ノベルズ（朝日新聞出版）より刊行された。本書は朝日ノベルズ版を底本としたものである。

検印
廃止

著者紹介　1963年東京生まれ。宇宙作家クラブ会員。84年『妖精作戦』でデビュー。99年『星のパイロット2　彗星狩り』，2005年『ARIEL』で星雲賞日本長編部門を，03年から07年にかけて『宇宙へのパスポート』3作すべてで星雲賞ノンフィクション部門を受賞。

星のパイロット

2021年10月29日　初版

著者　笹《ささ》本《もと》祐《ゆう》一《いち》

発行所　(株)東京創元社
代表者　渋谷健太郎

162-0814/東京都新宿区新小川町1-5
電話　03・3268・8231-営業部
　　　03・3268・8204-編集部
URL　http://www.tsogen.co.jp
暁印刷・本間製本

ISBN978-4-488-74109-9　C0193